1

Deuil

pour

Deuil

Pour retrouver l'auteur, rendez-vous sur son site :
http://joelle-herrerias.eklablog.com/

ou sur sa page Facebook
JoelleHerreriasAuteure

Illustration de la couverture : Corinne Dauger
corinnedauger.com

Du même auteur :

J'irai siffler sur la colline

Sud Sud-Est

ISBN :978-2-9543693-3-4

Joëlle Herrerias

Deuil

pour

Deuil

L'échange – Février & Mars 2016

Elle ouvrit soigneusement la bouteille isotherme et versa avec moult précautions un peu de liquide mousseux et tiède sur la surface brillante. Aussitôt, avec un chiffon doux qu'elle tenait prêt dans sa main, elle étala le liquide et frotta en cercles concentriques, suffisamment fort pour éliminer toute trace de poussière, ou marque de calcaire laissée par la pluie. Une souillure blanche apparut derrière l'unique vase, en marbre vert, également. Elle leva la tête. Il était là, comme d'habitude, perché sur le cyprès, ni trop haut, elle ne l'aurait pas vu, ni trop bas, elle aurait pu l'atteindre à coup sûr. Il sifflota en penchant légèrement sa tête noire sur le côté. Il se moquait d'elle, ils se moquaient tous d'elle. Il n'attendit même pas que la poignée de graviers le rate, quelques notes encore passèrent le joli bec jaune, et il s'envola en riant. Il tourna au-dessus d'elle, piqua en direction de cette mer d'émeraude qui brillait sous le soleil de printemps, et lâcha une salve blanchâtre toute fraîche qui vint s'éclater sur les tulipes noires.

Son éclat de rire accompagna une dernière et inutile poignée de graviers. Les graviers retombèrent sur le marbre, son rire retomba dans sa gorge. Elle maugréa, à haute voix, car tous les chants s'étaient tus, et le silence lui pesa soudainement :

- Raté, sale bête ! Raté ! De toute façon, les tulipes, j'en ai portées des fraîches. Chie sur sa tombe autant que tu veux, j'aurai toujours plus de savon noir que tu n'auras de merde, j'aurai toujours plus de tulipes que tu n'auras de plumes, j'aurai toujours plus de mois que tu n'auras de jours. Tu seras mort, pourrissant dans un nid moisi que je serai encore là, tous les jours, pour faire briller le marbre et refleurir les tulipes.

Mais le merle s'en foutait de ces cris, de ces gémissements, de ces reproches. Il trouvait juste amusant, jour après jour, de chier sur cette belle surface immaculée, verte et luisante comme une prairie au lever du soleil. Il était déjà loin le merle, sur un autre cyprès, survolant le granit gris et les roses rouges, beaucoup moins amusants, des autres tombes. La tombe de marbre vert et ses tulipes noires, c'est celle qu'il préférait.

En bas, à terre, la salissure disparut sous les passages énergiques du torchon doux. Quand le marbre retrouva sa virginité amazonienne, elle ralentit le mouvement, les cercles se firent caressants, ses mains glissaient sur la surface dure et froide, avec une sorte de sensualité, car s'il est une chose dont elle était certaine, c'est que ce ne sont pas quelques centimètres de « Verde Alpi » en provenance de Carrare, un mètre de terre lourde et brune purement ardéchoise, un décimètre de chêne massif, qui empêcheraient son amour d'atteindre celui qu'elle visitait depuis presque deux ans déjà. Sept cent dix-sept jours exactement, qu'il vente, qu'il pleuve ou qu'il neige, que le soleil brûle sa peau de blonde évanescente, que la fatigue ou la grippe la cloue au fond de son lit, que son travail de comptable la retienne à son bureau. Sept cent dix-sept jours, qu'elle se traînait malgré tout, jusqu'au petit cimetière de sa petite ville de province pour briquer le marbre, changer les tulipes qu'on lui livrait une fois par semaine, caillasser et manquer le merle moqueur, et répéter à celui qui ne l'entendait plus qu'elle ne cesserait de l'aimer, tout simplement parce que si elle cessait de l'aimer, elle cesserait tout simplement de vivre.

Pour Alexandra, ce cimetière, c'était le seul endroit qui la rattachait à la vie.

Elle sortit les tulipes de leur vase et les déposa dans un sac poubelle dont elle se débarrasserait en partant. Elle jeta l'eau un peu passée au pied du cyprès, versa dans le récipient l'eau claire puisée au petit arrosoir qu'elle avait pris soin de remplir à l'entrée et arrangea joliment les nouvelles fleurs, tout aussi noires que les précédentes, mais plus pimpantes. Elle recula enfin, rituellement, pour admirer son œuvre : le marbre vert reluisait, les tulipes noires exhibaient leur cœur d'or. Vert et noir. Ses couleurs. Les couleurs de Jean. Parce qu'il avait les plus beaux yeux verts qu'on puisse imaginer, il ne portait jamais que des chemises ou des pulls de la même couleur pour les faire ressortir : du vert givré de la rosée d'hiver qu'ils admiraient de leur fenêtre, collés l'un à l'autre pour se réchauffer, au vert turquoise des mers du sud où ils avaient rêvé d'aller, en passant par l'olive d'un apéritif d'été, l'acidulé d'un citron tranché sur un carpaccio, l'amande, douce jamais amère, l'anglais du vieux Chesterfield de leur salon. Ils vivaient leur vie en vert. Et comme, lorsqu'on est employé de banque, il faut donner du sérieux à une chemise perroquet, il avait pris le parti de ne porter que des costumes noirs. Elle le revoyait le jour de leur mariage en noir et vert opaline. Il était beau. Tout simplement beau et elle se souvenait de s'être dit qu'elle ne pourrait plus vivre sans lui.

Et pourtant.

Elle l'avait enterré dans son plus beau costume et avait choisi une chemise un peu foncée, un vert impérial très élégant. Dans le catalogue des pompes funèbres, le marbre « Verde Alpi », malgré son prix, lui avait paru comme la seule option décente. Et fi des chrysanthèmes vulgaires oranges ou jaunes, des mièvres œillets roses, des insipides roses blanches. Dès les derniers parents et amis partis, elle avait saisi à bras le corps toutes ces fleurs bariolées et triviales, les avaient jetées dans la poubelle la plus proche, avait balayé d'un revers de bras les plaques communes en hommage, qui à son frère adoré, qui à son ami de toujours, qui à notre collègue regretté. Elles étaient allées se briser sur le gravier, sous le cyprès. Sur le marbre vert, trônait un simple vase de tulipes noires. Elle s'était alors reculée, comme elle le faisait à présent, comme elle l'avait fait ces derniers sept cent dix-sept jours, comme elle le ferait jusqu'à la fin de ses propres jours, et malgré ses larmes, elle avait souri : il était là, lui, en vert et noir, comme avant, comme toujours. Ainsi, il ne l'avait pas quittée, il ne la quitterait jamais.

Elle s'agenouilla à nouveau près de la tombe et la caressa, sans chiffon, à mains nues. Il fallait partir à présent. Elle reviendrait demain. Elle posa sa joue sur le marbre, puis ses lèvres. Elle respira de toutes ses forces. Dans le nettoyant au savon noir qu'elle préparait, elle versait une rasade du « Diesel » son parfum de toujours. Les effluves du parfum montèrent jusqu'à son cerveau, son cœur, s'infiltrèrent au plus profond de son âme. Elle s'allongea complètement sur la tombe tiédie par le soleil.

C'est alors que son téléphone portable sonna.

Parce qu'elle ne savait plus ni que dire, ni que penser, elle regarda une fois encore autour d'elle, sans prendre la peine de se redresser sur cette chaise inconfortable où elle se savait avachie. Elle aurait été déçue si l'endroit n'avait pas été conforme aux clichés. Mais là, tout concordait à ce qu'elle s'était imaginé sur le chemin : vieux bureaux en bois tachés d'encre, sièges branlants en métal, cabinets de classement en aluminium bleu, aux tiroirs rayés, aux étiquettes jaunies. La peinture d'une couleur indéfinissable s'écaillait sur les murs et au sol, les dalles de PVC cornées affichaient les traces noires d'innombrables passages. Elle se demanda un instant s'il lui restait un peu d'eau tiède et savonneuse dans son thermos, au fond de son sac. Mais la bouteille, même pleine, n'aurait jamais suffi à nettoyer toute cette crasse, ni à noyer l'odeur rance de renfermé, de poussière, de sueur froide qui alourdissait l'atmosphère moite de la pièce. Seul le matériel informatique paraissait du dernier cri, presque anachronique et déplacé dans cet univers sale et vieillot. Oui, c'était bien ainsi qu'elle s'était représenté un petit commissariat de quartier dans une ville sans importance au fin fond de la province française.

Une voix, hésitante, vaguement gênée, réussit à traverser le brouhaha des imprimantes et des conversations téléphoniques et la fit sursauter :

- Voilà… Euh... Je pense que vous pouvez y aller maintenant madame Mercier. Nous vous rappellerons pour vous tenir au courant de la suite de la procédure.

Elle écarquilla les yeux :

- Quelle procédure ?

De l'autre côté du bureau, l'inspecteur, soupira :

- Madame Mercier, nous en avons longuement parlé ! L'exhumation du corps ! Mais je vous le répète, vous n'êtes pas tenue d'y assister. Sa famille sera là et les prélèvements ADN suffiront à confirmer l'identité. Nous vous rappellerons lorsque tout sera fini. Je vous raccompagne ?

Et il se leva pour lui montrer la sortie. Mais Alexandra Mercier ne parvenait toujours pas à se lever.

- Et si je veux y assister, j'ai le droit ?

Le policier se rassit, résigné. Il comprenait, du moins il essayait, ce n'était pas facile.

- Vous en avez parfaitement le droit, mais pourquoi vous infligeriez-vous une telle épreuve ? Ce sera pénible, et le mot est faible, vous savez.

Elle se frotta les yeux. Oui pourquoi ?

- Pour être sûre. Peut-être cette secrétaire qui vous a écrit s'est-elle trompée ? Peut-être que tout cela n'est qu'un terrible malentendu, une horrible méprise, une monstrueuse vengeance ? Elle n'était pas assez payée, harcelée, maltraitée, elle a voulu se venger en racontant cette histoire qui ne tient pas debout.

- Et les aveux, que faites-vous des aveux madame Mercier ?

- Oh ! Vous savez, on peut faire avouer n'importe quoi à n'importe qui sous la pression, sous la menace.

L'inspecteur perdait visiblement patience :

- Vous frôlez l'outrage à agent public, là, madame Mercier. Je vais faire semblant de ne rien avoir entendu, car je sais que vous êtes bouleversée. Mais justement, les prélèvements ADN ont été ordonnés par le procureur pour lever tout doute. Dès que nous aurons les résultats, nous vous tiendrons informée. Alors soyez raisonnable, ne venez pas à l'exhumation.

Les larmes lui montèrent enfin aux yeux. La stupeur les avait bloquées jusqu'à cet instant. Mais là, elle sentait le raz-demarée gonfler dangereusement dans toute sa tête. Elle parvint à balbutier :

- Mais c'est mon mari dont on parle, vous comprenez ? Sans lui je ne suis rien.

L'homme, fatigué, se contenta de hocher la tête, en essayant de mettre dans le geste le plus de compassion dont il était capable. La vérité, c'est qu'il commençait à s'en moquer éperdument de cette histoire. Qu'est-ce-que ça changeait ? Qu'est-ce-que cela changerait ? Pour lui rien. Pour elle, apparemment, tout. Il se leva et passa devant son bureau. Il la prit doucement par le coude et la mit debout. Ses larmes coulaient en un flot continu à présent. Il lui proposa qu'un gardien de la paix la raccompagne. Elle refusa d'un mouvement de tête imperceptible. Il n'insista pas. On avait beau être dans le petit commissariat minable d'une petite ville de province sans importance, ils avaient tout de même d'autres cas plus urgents à traiter. Par la porte vitrée, il la regarda démarrer et s'engager prudemment dans la circulation.

Bourdin était soulagé. Tout allait bien.

Alors là ! Il ne s'y attendait pas ! Tous les jours, oui, mais deux fois le même jour, c'était rarissime. Il en oublia de siffler et resta à la contempler, sa belle tête noire penchée d'étonnement, sur une branche basse du cyprès. En plus, elle venait les mains vides : pas de bouteille thermos, pas d'arrosoir, pas de chiffon en microfibre vert, pas de fleurs ... Juste un sac à main plus très jeune en bandoulière sur son épaule. Il n'avait même pas encore eu le temps de chier sur le beau marbre brillant. Il faut dire que le bombardement des tulipes remontait à quelques heures à peine. C'est pas parce qu'on a des plumes et des ailes qu'on a la faculté de chier comme un canard. Il était merle de son état après tout ! Mais ça le contrariait bien : il adorait la voir frotter sa fiente séchée en maugréant sa colère ! Il en sautilla de frustration et descendit un peu plus bas afin de mieux observer la scène. Mal lui en prit ! L'éclair de fureur dans ses yeux l'atteignit une fraction de seconde avant une énorme pierre qu'il reçut en pleine tête. Pas un caillou de gravier, oh non, de la bonne vraie grosse pierre de granit tombée d'une tombe voisine. Il n'eut pas le temps de se demander si elle l'avait ramassée au pied de la vieille Véronique Desvallons qui gisait sous un beau granit rose encore plus propre que la tombe verte, ou chez la pauvre folle de Laurie Jambonnot qui hantait le cimetière parfois la nuit, en maudissant sa famille, car elle ne venait jamais la visiter, et dont la sépulture tombait autant en ruine que son cerveau dérangé. Non, il n'eut pas le temps. Il perdit connaissance et chuta directement sur le beau marbre vert. Et c'était très bien ainsi, car au moins, il ne souffrit pas quand elle le ramassa et sans un instant d'hésitation, lui arracha le cou, avant de jeter les deux morceaux sur le marbre « Verde Alpi » qui coûtait si cher... Le vert du marbre étincelait, et le noir des plumes fit de l'ombre aux tulipes veloutées. Vert … Noir … Rouge.

Le sang coulait sur les marbrures, laissant des traces du plus joli effet.

Mais Jean n'aimait pas le rouge.

Le rouge, il trouvait ça définitivement trop vulgaire, trop voyant.

Le rouge, ce n'était pas lui.

Il aurait dû pleuvoir. Vous savez ? De cette petite pluie fine, froide et pénétrante qui s'invite généralement aux enterrements et qui permet aux auteurs fatigués de se laisser aller au bon vieux cliché des larmes qui se mêlent aux gouttes de pluie. Il aurait dû pleuvoir, car il aurait été de bon ton que l'on pleurât abondamment autour de la tombe verte. Mais bien qu'elle se tînt à l'écart, Alexandra distinguait plus de l'appréhension, un début de dégoût que véritablement de la tristesse dans les yeux de cet homme et cette femme qui se tenaient sous le cyprès. Il aurait dû pleuvoir, mais au lieu de ça, un soleil incongru dardait des rayons audacieux et le cimetière bruissait du chant des rouges-gorges, du sifflement des merles dont l'espèce semblait bien loin de l'extinction, du bourdonnement des premières abeilles qui venaient ripailler au cœur des fleurs fraîches sur les tombes des morts les moins oubliés. Sur le marbre vert, la lumière se reflétait en feu d'artifice et renvoyait des éclairs en gerbe multicolore. Finalement, ils n'y tinrent plus, autour de la sépulture d'un vert aussi gai que le printemps : l'homme, la femme, l'inspecteur Bourdin, les huissiers, le légiste, tous, tous sauf les fossoyeurs, sortirent des lunettes noires et les chaussèrent. Alexandra les portait depuis le début, ses lunettes de soleil ; elles lui avaient semblé appropriées pour compléter la panoplie de veuve éplorée et, depuis peu, indignée, dont elle avait choisi de se vêtir. Le tailleur noir qu'elle avait fait réaliser sur mesure à partir d'un costume de Jean lui seyait à merveille et malgré le temps chaud, elle n'avait pas commis la faute de goût de ne pas recouvrir ses jambes d'un collant opaque noir, également. Noirs aussi ses escarpins. Il aurait fallu qu'elle les ôtât pour que l'on vît à l'intérieur, la jolie semelle de soie à motifs cachemire qu'elle y avait placée après l'avoir découpée dans une cravate. Non, la seule touche de couleur visible, c'est sur sa tête qu'on la voyait : la chemise vert céladon était devenu un élégant foulard tout à fait adapté à un enterrement, car finalement, à bien y regarder, on était plus proche du gris que du vert.

Sauf qu'il ne pleuvait pas et que ce n'est pas à un enterrement que cette compagnie morose assistait. C'était même exactement le contraire.

Il fallut finalement peu de temps à l'engin de chantier pour déplacer la lourde plaque de marbre. Alexandra tenta de se rapprocher à plusieurs reprises pour hurler, par-dessus le bruit du moteur, au conducteur de veiller à ne pas l'abîmer. Chaque fois, l'Inspecteur Bourdin la reconduisait à sa place initiale, derrière, plus loin, là où on voyait moins bien. Mais même si on voyait moins bien, le fragment vert qui s'était détaché et qui gisait sur les graviers ne lui avait pas échappé. Elle fulminait. Sur la croix de la tombe où elle s'était appuyée, une merlette grise sifflota ironiquement en la regardant de travers. L'épouse sans doute. D'ici qu'il y ait une descendance posthume … Creuser et sortir la terre prit un peu plus de temps.

La tombe toute verte était ouverte.
Un des employés du cimetière sauta à l'intérieur. Elle frémit en l'entendant atterrir, avec ses gros godillots boueux, sur le magnifique cercueil en chêne massif. Où était-il tombé ? Sur sa tête ? Sur ses jambes ? Comme s'il savait ce qu'elle s'apprêtait à faire, le policier se tourna vers elle et d'un geste de la main la dissuada de bouger. Vexée, elle se détourna. La merlette ne la quittait pas du regard. Elle s'éloigna le long de l'allée, elle allait faire quelques pas le temps qu'il le remonte. Elle s'imaginait

entendre le corps ballotter au sein de sa bière et, ça, elle ne pensait pas pouvoir le supporter.

La jeune-femme les connaissait tous, vous pensez bien, depuis deux ans : tous ces fils adorés, ces mères aimantes, ces pères que l'on n'oublierait jamais, ces époux à jamais dans le cœur de celles qui avaient payé la plaque, ces papys en souvenir, ces amis à jamais, ces sœurs qui reposaient en paix. Tous. Les vieux. Les jeunes. Les enfants. Leurs prénoms : des Huguette et des Nolan, des Albert et des Léa. Des Pierre, des Paul, des Jacques. Leurs noms : les modestes Dupont, les pédants Berger-Hausman de Castellane, les locaux, les exotiques, les imprononçables.

Au bout de l'allée, dans un crissement de cordes, on remontait le cercueil en chêne massif du seul être qui comptait vraiment dans cette forêt d'âmes fantômes.

Jean Mercier.
1972 – 2014

Pas RIP.

Un mouvement de foule. On allait ouvrir la bière sous la supervision des autorités. À part l'Inspecteur Bourdin, elle ne connaissait pas les autres. L'homme et la femme restèrent un peu en retrait. Elle remonta l'allée au pas de course.

Jean. Tout cela n'était qu'une farce nauséabonde. Tout ce qui importait, c'est qu'elle allait enfin revoir Jean. Son Jean ! On lui avait expliqué avec des mots choisis que le climat plutôt tempéré ces dernières années dans la vallée du Rhône, ainsi que la qualité de la bière, auraient vraisemblablement assuré au corps un état de conservation correct, avec des parties molles, certes desséchées mais partiellement intactes. Desséché ou pas, elle allait revoir Jean, son Jean, dans son beau costume noir et sa chemise de soie vert impérial, ses grandes mains si tendres, ses bras puissants, son visage si doux ses cheveux soyeux noir corbeau dans lesquels elle aimait tant passer ses doigts.

Elle accéléra malgré ses talons qui se prenaient dans les graviers.

Dans un craquement, le pied de biche eut raison du couvercle. Les autorités jetèrent un œil et s'écartèrent. Hésitants, l'homme et la femme s'approchèrent de la bière. Très vite, la femme recula, la main devant sa bouche. L'homme resta plus longtemps, comme fasciné. Il finit par rejoindre la femme qu'il prit dans ses bras.

Alexandra courait toujours. Plus que quelques mètres, et enfin, elle et Jean seraient de nouveau réunis.

Bourdin ne la vit pas arriver. Il parlait au couple. La femme semblait avoir repris ses esprits. Elle jeta un très bref regard encore vers le corps, bien desséché, partiellement intact, mais tout à fait décédé et fit face au policier. « Oui, c'est bien papa ». Bourdin interrogea l'homme du regard. Il hocha la tête. « C'est notre père, sans aucun doute ». Le reste de l'assemblée portait toute son attention vers cet échange. Après tout, c'était le clou du spectacle : l'identification.

Si bien que personne ne songea à arrêter Alexandra lorsqu'elle se jeta dans le cercueil ouvert. Il y eut comme le bruit d'un ballon qui se dégonfle. Deux cris d'horreur lui firent écho.

D'abord, celui en chœur de la foule rassemblée et stupéfaite.

Ensuite, plus lancinant, plus animal, celui d'Alexandra. Ses mains froissaient le velours grossier d'une veste lie-de-vin, sous laquelle subsistaient des lambeaux d'une chemise de tergal rose. Le vent se leva et dans la bourrasque, les poils d'une moustache et les cheveux blancs et longs à la Jean Ferrat vinrent caresser sa joue humide de larmes. Et le parfum qui s'élevait de la peau parcheminée, n'était pas du tout, mais alors pas du tout Diesel.

Elle cria encore.

Selon son habitude lorsqu'il était exaspéré, l'inspecteur Bourdin leva les yeux au ciel, ce ciel où il ne pleuvait pas. Il y vit une merlette faire un looping.

5

Le lendemain, quand l'homme et la femme pénétrèrent dans le café où elle leur avait donné rendez-vous, c'est d'abord le sac en plastique à ses pieds qui attira leur regard, de ces sacs en plastique un peu solides que l'on achète à la caisse des supermarchés. Au-dessus d'une masse de tissu noir, ils reconnurent immédiatement le foulard gris-vert. Ils échangèrent un regard. La femme hésita, finit par avancer vers la table, en plissant le nez. L'homme la suivit. Alexandra les regarda se rapprocher mais ne se leva pas quand ils prirent place en face d'elle. La femme ne parvenait pas à quitter des yeux les vêtements dans le sac. Finalement, elle n'y tint plus et avant toute parole de salutation, ou toute banalité, elle lâcha :
- Mais vous n'avez pas jeté ces vêtements ?
L'homme lui coula un regard de reproche. Quant à Alexandra, dans une espèce de haut-le-cœur, elle s'insurgea :
- Mais vous n'y pensez pas ! Ces vêtements ont été taillés dans un costume et une chemise de Jean. Je ne vais tout de même pas les jeter !
La main de l'homme sur le bras de la femme ne l'empêcha pas de rétorquer :
- Mais tout de même, vous êtes … Enfin, ils doivent …
Alexandra vint à son aide :
- Ne vous inquiétez pas ! Je les ai pris avec moi pour les porter au pressing. Ils seront frais et propres, comme neufs dans deux jours. Plus aucune trace de votre père ! De toute façon, votre père il était flétri comme un pruneau, je ne suis pas sûre qu'il ait laissé beaucoup de lui sur la chemise et le costume de mon mari.
Elle avala d'un trait le contenu de son verre et signala au garçon qui traînait par là, qu'elle était prête à commander à nouveau.

Le frère et la sœur, interrogés, finirent par se décider pour une eau pétillante, tandis qu'Alexandra réclamait un autre gin-tonic. Personne n'arrivait à prendre la parole. Tous trois burent en silence, avidement pour l'une, par petites gorgées hésitantes pour les deux autres.

Alexandra finit par briser le silence.

- C'est une horreur ce qu'il s'est passé. Je n'y ai pas cru quand l'inspecteur Bourdin m'a parlé de cet échange. Enfin ! Ceci étant dit, j'aurais pu me douter qu'il y avait anguille sous roche, lorsque que je suis passée voir Jean une dernière fois juste avant l'inhumation. Le cercueil était déjà fermé et on m'a dit que c'était la procédure. Vous comprenez, moi, je n'ai jamais enterré personne de ma vie : je suis orpheline, alors Jean, c'était mon premier mort. Et ce sera aussi mon dernier. Dire que ces fumiers des pompes funèbres, quand ils se sont rendus compte qu'ils s'étaient trompés de corps et qu'ils avaient incinéré mon Jean, au lieu de me l'avouer, ont préféré mettre votre père dans mon cercueil et me faire croire que c'était Jean à l'intérieur...

Elle fit signe au garçon et, seulement après avoir attaqué son troisième verre, poursuivit, avec de plus en plus de difficultés :

- Mais d'abord, comment peut-on confondre, à moins d'être aveugle, abruti ou complètement bourré, un bel homme dans la fleur de l'âge, qui sent bon Diesel et qui porte un costume et une chemise vert impérial parfaitement coupés, avec un vieux croulant en velours côtelé qui sent le moisi ?

La femme se redressa.

- Papa ne sentait pas le moisi. La chèvre, oui, parfois, mais pas le moisi.

Alexandra l'interrompit :

- Ah si, permettez-moi de vous contredire : il sent le moisi, votre père, et pas qu'un peu ! Et je suis bien placée pour le savoir !

24

La femme commença à protester, l'homme lui murmura :
- Laisse.
- Oui, laissez ! Enchaîna Alexandra. Laissez ! Vous vous rendez compte que depuis deux ans je raconte mes secrets les plus intimes à un vieux schnock qui sent le moisi et la chèvre ? Pourquoi il sent la chèvre, d'abord, ce vieux ?
C'est l'homme qui répondit, calmement, mais à mieux y regarder, on voyait bien qu'il était au bord de l'implosion :
- Il avait une ferme, avec des bêtes, des chèvres surtout. C'est moi qui ai repris l'exploitation.

Alexandra éclata de rire :
- Eh bien ! Vous n'avez pas raté le cliché : un vieux aux cheveux longs et blancs, à la moustache chatouilleuse et intrusive, et croyez-moi, là aussi je suis bien placée pour le dire, enterré dans un pantalon de velours côtelé bordeaux, vous ne pouviez pas faire mieux.
La femme était au bord des larmes :
- Mais Madame ! C'est notre père dont vous parlez ! Un peu de respect. Nous aussi, nous sommes bouleversés, et nous en plus, on a été obligés de l'identifier. Vous ne savez pas ce que cela peut faire de revoir, deux ans plus tard, le cadavre momifié de son propre père.
Et elle explosa en sanglots.
Son frère passa un bras autour de son épaule et la serra contre lui, tout en foudroyant leur interlocutrice du regard. Mais lancée ainsi, rien ne pouvait arrêter Alexandra.
- Votre père, il a volé la place de mon mari, dans un cercueil en chêne massif à 2 000 euros, sous une plaque de marbre italien Verde Alpi à 4 000 euros. Votre père, je l'astique tous les jours depuis deux ans. Votre père, il sait tout de mes règles douloureuses, de mes mycoses au pied et de mes sécheresses

vaginales. Je lui ai avoué que j'ai accusé Duchemin au bureau de l'erreur dans le bilan de la Société SPDT, alors que l'erreur de calcul, c'est moi qui l'ai faite un jour de migraine. J'ai posé ma bouche sur la sienne, mes bras et mes jambes contre les siens ... Mon Dieu, vous rendez-vous compte que je me suis frottée, au moins une fois par semaine sur un vieillard qui sent le bouc ?

- La chèvre ...

- La chèvre ! Que je lui ai susurré des mots d'amour, que j'ai parlé à son sexe, que je lui ai montré le mien, les après-midi de pluie où je savais que nous étions seuls au monde. Bon, il y avait bien ce satané merle, mais lui, je lui ai fait son affaire. Votre père madame ! Votre père, monsieur ! Votre père, est un usurpateur. Usurpateur voyeur qui plus est !

Le frère et la sœur se tassèrent un peu sur la banquette en moleskine. À travers ses larmes, la femme tenta d'intervenir :

- Ce n'est pas sa faute s'il se trouvait dans une tombe qui ne lui était pas destinée. Vous l'avez dit vous-même : une erreur que les pompes funèbres n'ont pas voulu assumer. Ils ont brûlé votre mari à la place de notre papa et pour que cela passe inaperçu, ont mis notre père dans le cercueil de votre mari. Une abominable erreur, mais dont personne, à part ces voyous n'est réellement responsable. Ni papa, ni votre époux, ni vous ni nous. Ils seront poursuivis. Punis. Le procureur nous l'a assuré. Pour le reste, ça ne change pas grand-chose. Votre mari, Jean, c'est cela ? Et notre père, tous les deux sont morts, ils restent morts, il n'y a pas grand-chose à faire. Nous récupérerons la dépouille de papa pour vous rendre la tombe et nous continuerons, vous comme nous, à vivre sans eux.

Alexandra se leva d'un bond. Son verre se fracassa sur le sol. D'un regard, elle dissuada le serveur qui s'approchait de faire un pas de plus.

- Vivre sans lui ? Mais je ne vivais pas sans lui. Je vivais avec lui. Je n'ai personne d'autre, il ne me reste rien de lui à part lui. Nous n'avons pas pu avoir d'enfant. Il est mort peut-être aux yeux des autres, mais pour moi, il est encore là. Sous terre, mais là, dans sa jolie chemise de soie verte, ses beaux cheveux noirs bien coiffés, son pantalon de laine noire bien ajusté sur ses longues jambes. Ne dites pas que je vivais sans lui, il ne m'a jamais quittée. Jamais. Jusqu'à ce que vous me le voliez.

L'homme et la femme ne tentèrent même pas de se défendre. Ils semblaient accablés.
Alexandra se rassit lentement. En douce, le serveur commença à ramasser les débris de verre.
- Vous me l'avez volé ...
Mais il n'y avait presque plus d'agressivité dans sa voix. Juste une immense fatigue. Elle ramassa le sac de vêtements et le posa sur ses genoux. L'homme et la femme reculèrent un peu. Alexandra se perdit dans la contemplation du contenu du sac. Longtemps.
Quand elle releva la tête, ses yeux brillaient d'une lueur nouvelle. Elle toisa le couple ratatiné sur la banquette. Lui. Puis elle. Puis lui, à nouveau, comme si elle sentait que la réponse ne pouvait émaner que de lui. La réponse à sa question :
- Où est-il ?
Ils ne comprirent pas tout de suite et s'interrogèrent mutuellement du regard.
Elle répéta, plus fort, froidement :
- Mon mari. Jean. Où est-il ?

Et c'est bien l'homme qui saisit le premier et qui répondit :
- Chez moi, à la ferme, au pied d'un grand chêne au milieu

27

d'une prairie bordée par un ruisseau. C'est là que mon père gardait ses chèvres. C'est là qu'il voulait que l'on répande ses cendres.

Alexandra déglutit avec peine, mais sa voix ne souffrait plus aucune contradiction lorsqu'elle déclara avec fermeté :
- Je veux le voir.

Et Sébastien Cabanel sut qu'il n'y couperait pas.

6

Lundi

Moi
Salut Frangine.
Ça va, tu te remets ?

Frangine
Je t'ai dit que je ne voulais
plus jamais parler de cette
histoire. Il faut tâcher d'oublier.
On ne peut pas revenir en arrière.

Moi
C'est si effroyable.
J'ai du mal.

Frangine
Je sais, je sais .
Parle-moi plutôt d'elle.
Ca y est, elle est arrivée ?

Moi
Oui, ce matin en taxi.

Frangine
Et qu'est-ce-qu'elle dit,
qu'est-ce-qu'elle fait ?

Moi

Je l'ai installée dans la chambre d'hôtes, elle a
posé ses affaires et elle m'a demandé de la conduire
à la prairie, au grand chêne. Depuis, elle est assise
contre le tronc et elle n'a pas bougé.

Frangine

Tu as mis les chèvres ?

Moi

Oui, mais ça n'a pas l'air de la déranger.
Je lui ai dit qu'elles étaient gentilles.
Elle a haussé les épaules, elle s'en fout.

Frangine

Elle y est depuis combien de temps ?
Elle a mangé à midi ?

Moi

Non, je suis passé la voir. Je lui ai proposé
de lui préparer un truc. Elle m'a dit qu'elle
avait pas faim. Même pas un merci. Ça va
faire pas loin de 5 heures qu'elle y est. Je
vais aller rentrer les chèvres, j'essaierai de
la ramener aussi.

Frangine

LOL ! Elle risque d'être ta chèvre
la plus difficile !

Moi

Pas faux, MDR ! Heureusement elle va
repartir bientôt !

Jeudi

Frangine

Toujours là ?

Moi

M'en parle pas …

Frangine

Ben merde alors. Ça va faire
4 jours. Elle te paie au moins
la chambre d'hôtes ?

Moi

Hier, je lui ai passé le prospectus avec
les tarifs. Elle l'a pris de haut en me
disant que Papa avait squatté gratuitement
pendant deux ans dans une tombe de luxe
donc qu'il fallait pas la gonfler avec la
location d'un gîte miteux qui serait vide
de toute façon en cette saison.

Frangine

Oh la salope !

Moi

En même temps, elle a pas tort.

Frangine

???????

Moi

Ben oui, il est toujours inoccupé le gîte
même en été. Et puis elle bouffe rien, alors...

Moi

Non, je suppose qu'elle doit
 avoir un stock de
bouffe dans sa valise
et qu'elle avale quelque
chose le matin et le soir,
mais de 8 heures du matin
à 7 heures du soir, elle
décolle pas de son arbre.

Frangine
Auprès de mon arbre
Je vivais heureux
J'aurais jamais dû
M'éloigner d' mon arbre
Auprès de mon arbre
Je vivais heureux
J'aurais jamais dû
Le quitter des yeux

Moi
Rigole, rigole.
C'est pas toi qui te la farcis sous tes fenêtres
depuis 4 jours. C'est glauque, cette histoire.

Samedi

Moi
Au secours !

Frangine
Quoi ?
Elle a pris racine ?
LOL !

Moi
Presque !
Ça va finir par arriver à force …
Non ! Figure-toi qu'elle parle
aux chèvres, à présent.

Frangine
OMG !
Au bouc tu veux dire ?
On est mal barrés...
La zoophilie, c'est moche !

Moi
Non pas au bouc, aux chèvres.
Enfin, plus précisément à une chèvre, Blanchette.
Tu sais, la toute blanche sympa, la petite
qui se roule dans l'herbe comme un cheval ?

Frangine
Oui, je vois bien.
Pauvre bête, elle va nous la rendre fada
et elle va se barrer dans la montagne.
On sait comment ça se finit.

34

Moi

T'es con ! Je t'assure, elles ont
l'air d'avoir fait copine-copine.

Frangine

Écoute, ça suffit maintenant.
Fous-la dehors.
Ça fait une semaine qu'on la laisse faire
un sitting avec une chèvre sur les
cendres de son mari.

Moi

Après Sitting Bull, voici Sitting Goat !

Frangine

T'es bilingue toi maintenant !
Blague à part, basta !
Tu as été trop gentil.
Dis-lui de partir.

Moi

Je peux pas, petite sœur.
Chaque fois que j'ai essayé
de lui parler,
elle me regarde avec
ses yeux de folle,
et j'ai peur. Sérieux,
elle commence
à me faire flipper
la veuve éplorée...

Il fait beau aujourd'hui. L'herbe est encore un peu humide de rosée, à cette heure-ci, surtout avec ce chêne qui lui fait de l'ombre, mais je sais, que d'ici quelques minutes, une heure tout au plus, elle aura séché au soleil. Sois patient, mon bel amour ! Une heure, une petite heure, et je m'allongerai à tes côtés, plus proche encore de toi, que je l'ai été, là-bas.

Oh ! J'ai eu si peur, tu sais. Si peur de t'avoir perdu à jamais. Chaque jour, chaque nuit depuis cette horrible journée de l'exhumation, j'ai vécu avec ce froid en moi, ce froid venu du Grand Néant, ce froid qu'aucun feu ne peut vaincre. J'ai senti mon corps se remplir de vide, devenir plus creux encore que cette tombe béante où tu n'étais plus, où tu n'as jamais été. J'ai pensé me coucher dans cette terre fraîchement retournée et m'y endormir jusqu'à ne plus me réveiller, pour oublier que je t'avais perdu, perdu une deuxième fois.

Et puis, Vie de ma Vie, tu es toujours là. Je n'y croyais pas. Mais il me fallait en être sûre. Tu te souviens ? Tu n'es pas venu lundi. Tu m'as fait languir, vilain petit farceur ! J'ai tourné en rond autour de ce chêne, je me suis assise sur l'herbe, juste là, à l'endroit que le fils de l'usurpateur m'a indiqué. Rien ! Vilain ! Juste les chèvres, un peu plus loin, qui n'osaient pas s'approcher et qui, comme leur maître, planqué derrière les persiennes, me considéraient d'un sale œil. J'ai erré dans la prairie, ai rafraîchi mon visage à l'eau du ruisseau. Je n'ai pas pleuré, je n'ai plus de larmes, mais je me suis vidée un peu plus. J'avais décidé de rentrer, tu sais ? De rentrer et de m'observer mourir à petit feu de cet amour que je ne pouvais plus te donner.

Ah ! Mon trésor adoré ! Tu es là pourtant. Le lendemain, un beau jour comme aujourd'hui, j'ai fini par m'allonger sur la belle herbe verte. Tu te rappelles, quand nous allions pique-niquer au bois ? Nous prenions une couverture écossaise, mais nous finissions par nous coucher directement sur l'herbe, main dans la main, ta joue droite dans les pâquerettes, ma joue gauche dans les fleurs de chiendents, tes yeux dans mes yeux, mes yeux dans tes yeux... J'ai cru que je pourrais revivre ces instants magiques. Sous le chêne, pousse une touffe d'herbe bien grasse, bien épaisse, drue et confortable. Et si verte... D'un vert indéfinissable, comme si toutes les chemises de ton placard avaient décidé de former un arc-en-ciel de verts. J'y ai caché mes yeux, enfoui mon nez.

Chéri ! Tu es là ! Tu es bien là ! Une bouffée de Diesel est montée du sol, et sous ma langue, mêlée à une goutte de rosée, j'ai même reconnu le goût de ta peau : caramel beurre salé et légèrement poivrée.

Mon cœur d'amour, attends, je suis là, moi aussi, je viens. Je t'ai retrouvé. Je ne te quitterai plus. Excuse-moi, mon aimé, de t'avoir abandonné deux si longues années. Je ne savais pas, tu sais. Je suis là maintenant, tout près, si près de toi. Tu sens mon cœur qui bat à travers la terre ? Tu entends mon souffle sur l'herbe ? Tu es chaud, tendre et dur à la fois. Mes cheveux se tissent aux tiens. Ma joue se pose sur ta joue légèrement piquante. Sur ton torse, mes seins se gonflent. Je noue mes jambes aux tiennes et sur mon ventre, tu palpites de désir. Je suis à toi. Prends-moi, là, maintenant.

Il n'y a que toi et moi.
Et les chèvres.
Enfin, LA chèvre...

Ah qu'elle était jolie la petite chèvre de Monsieur Cabanel !
Jolie, gaie, curieuse ! Mais jamais, au grand jamais, elle
n'aurait songé à gagner la montagne où l'on n'avait pas vu de
loup depuis fort longtemps. Qu'irait-elle faire sur ces rochers à-
pic, parsemés de maigres touffes de thym amer, alors que
l'herbe grasse poussait à profusion dans la grande prairie que
longeait le ruisseau. Cette herbe elle s'en remplissait la panse
goulûment et elle s'y roulait avec délectation comme Pompon,
le percheron, qui habitait la pâture d'à côté. Blanchette – certes
bilingue, Sébastien Cabanel manquait furieusement de
créativité – Blanchette, cependant n'aimait rien autant que la
compagnie, non pas de ses congénères, qu'elle tolérait avec
condescendance, mais celle des bipèdes auxquels elle trouvait
bien plus d'intérêt. Tout d'abord, elle était fascinée par leur
faculté à se tenir debout. Elle s'exerçait longuement à les
imiter, croquant de ci de là quelques feuilles d'acacia, sur les
berges du ruisseau, mais poussait le zèle jusqu'à marcher sur
ses seuls postérieurs, même en l'absence d'une gourmandise à
atteindre. Elle aimait également leur goût salé et pouvait passer
de longues heures à les lécher. Et si le bipède lui parlait, à elle,
Blanchette, la petite chèvre blanche, son extase atteignait des
sommets, bien plus haut que les monts d'Ardèche, car la voix
d'un humain, faisait vibrer son petit cœur caprin et friser ses
moustaches de soie. Le soir, elle sautait la barrière de son
enclos, non pas pour braver le loup imaginaire de sa montagne,
donc, mais pour se coucher contre le mur de la ferme, près de
la fenêtre par laquelle lui parvenaient la voix de son maître
quand parfois il parlait tout seul, et les voix de la lucarne bleue
qu'il fixait de longues heures. Et Blanchette s'endormait, bercée
par ce chant des sirènes, dont elle ne percevait, par bonheur

pour elle, que la musique.

La femme l'intrigua tout d'abord. Ses sœurs et elle restèrent un long moment à l'observer, le premier jour. Puis, comprenant qu'elles ne risquaient rien, elles se remirent à brouter. De temps en temps, elles levaient la tête, puis elles finirent par l'oublier. Elles ne sursautaient plus que lorsque la silhouette se levait, faisait quelques pas, venait se rasseoir sous le grand chêne. Blanchette, elle, en négligeait bien souvent l'herbe grasse du printemps. Elle regardait la femme, de ses grands yeux affectueux de chèvre, avec tant d'insistance, que la femme finit par lui rendre son regard. Mais le sien était froid comme l'eau du ruisseau, l'hiver, quand il faut casser la glace d'un coup de sabot, avant de pouvoir la boire. Blanchette était habituée à ce qu'on lui fasse les yeux doux, qu'on roucoule à son oreille duveteuse. Tout le monde l'aimait à la ferme. Le maître, les petits voisins qui venaient parfois lui rendre visite, les clients lorsqu'ils avaient acheté les fromages de Sébastien. Personne, pourtant, ne l'avait aimée aussi tendrement que le Vieux. Mais cela faisait bien longtemps maintenant que le vieux n'était plus là. Blanchette se souvenait à peine de son visage. Mais jamais elle n'oublierait sa voix, rude comme ses mains pleines de cals, mais douce comme son cœur plein de bonté. Il lui manquait, le Vieux. Quand il était trop fatigué, il s'asseyait contre le tronc du chêne encore plus vieux que lui, il sortait son vieux carnet de cuir et il dessinait ou écrivait sur les pages cornées, un vieux crayon tout mâchouillé coincé entre ses doigts maladroits. Elle savait, Blanchette que c'était le moment où elle pouvait aller quémander ses câlins. Elle s'approchait en sautillant, elle faisait le clown, car ça le faisait rire, et le rire qui s'écoulait de sa gorge chargée de tabac rebondissait comme l'eau sur les rochers dans le ruisseau, les lendemains d'orage. Elle aimait ce rire parfumé de miel. Alors, elle bondissait comme un cabri, esquissait quelques pas sur les pattes arrière, se roulait dans l'herbe comme elle l'avait appris de Pompon. Et ils riaient ensemble. Elle le poussait de ses petites cornes, et il enfouissait sa barbe dans son cou et bientôt, on ne savait plus qui était qui, du Vieux à la barbe blanche ou de la biquette à la toison tachée d'herbe. Mais surtout, surtout, il lui susurrait :

- Blanchette, tu es belle.
- Viens te faire gratouiller ma Blanchette.
- Oh Blanchette, tu as l'air triste, aujourd'hui.
- Tiens Blanchette, je t'ai apporté un croûton.

Elle se couchait près de lui, posait sa tête sur son pantalon, et s'endormait en écoutant ses mots sucrés comme le lait de sa mère. Le jeune maître, il était gentil. Mais il ne lui parlait pas comme le Vieux. Le Vieux sous son chêne.

Sous le chêne, à présent, il y avait une femme.
Une femme au regard froid.

Blanchette, ce matin-là, après l'avoir observée longuement, finit par tourner le dos, triste, résignée. Ses souvenirs lui faisaient mal. Mais soudain, un bruit la fit se retourner en direction du grand chêne.
Une voix.
Pure et cristalline comme l'eau de la cascade, en amont dans le ruisseau, fraîche comme l'herbe le matin quand personne, encore, ne l'a foulée, chantante comme la voix du rossignol, posé sur la treille, au-dessus de la fenêtre, qui parfois lui tenait compagnie la nuit.
Dans cette voix, elle ne reconnut pas les mots. Mais elle sut, la chèvre qui avait été tant aimée, elle sut que l'on parlait d'amour.

Alors, elle se dressa sur les pattes arrière et avança vers le vieux chêne, la corne haute, la barbichette tremblant d'espoir.

9

Quand Alexandra vit la chèvre arriver, toute droite sur ses petits sabots noirs, elle la reconnut immédiatement. Parmi toutes les chèvres du troupeau, il y en avait une qui avait continué à s'intéresser à elle au-delà des premières heures. Lorsqu'elle levait le regard, il n'était pas rare qu'elle croisât celui de la petite biquette blanche. Et parfois, alors qu'elle quittait sa touffe d'herbe pour se dégourdir les jambes au bord du ruisseau, elle l'apercevait qui la suivait de loin, feignant de brouter les feuilles des acacias. Mais Alexandra n'avait que faire d'une bête malodorante, aussi mignonne soit-elle, avec ses grands yeux marrons tout doux et sa belle toison d'une blancheur immaculée. Alexandra était là pour profiter de Jean qu'elle venait de retrouver, après deux ans d'infidélité et de nombreux jours d'incertitude. Cependant, Alexandra était heureuse, ce jour-là. Son tête-à-tête amoureux, son corps-à-corps passionné avec son mari surgi du néant, emplissaient sa tête de joie, alors que son corps apaisé s'alanguissait sur l'herbe enfin sèche, chaude et parfumée.

Si bien qu'elle n'eut ni la force, ni l'envie d'émettre un « pchiiitttt » agacé en direction de la bête, ni de la chasser d'un geste du bras. Elle la laissa approcher, malgré tout vaguement inquiète de la position qui lui paraissait, même si elle ne s'y connaissait guère en chèvres, peu académique pour un animal censé être quadrupède. La chèvre perçut-elle l'inquiétude ou ressentit-elle une fatigue due à son statut d'animal à quatre pattes ? Le fait est qu'elle retomba sur ses quatre sabots, redevint toute petite et attendit, la barbichette en avant, que le flot des mots d'amour reprenne.

Alexandra s'étira. Et elle s'entendit dire, d'une voix douce et

mielleuse :
- Salut toi ! Comment tu t'appelles ?
Et elle éclata de rire. Comme c'était bon de rire ! Cela faisait si longtemps qu'elle ne s'était pas bidonnée ainsi, presque à s'en rouler sur l'herbe verte, à en avoir les yeux débordant de larmes, à s'étouffer, à toussoter, à couiner d'excitation. Il faut dire qu'il y avait de quoi rire, hein ? Quand même ! Parler à un animal ! À une chèvre qui plus est ! Heureusement que personne ne pouvait la voir ou l'entendre là où elle était, parce qu'on aurait pu la prendre pour une folle. Et comme c'était tellement bon, elle continua :
- Voyons réfléchissons. Nous sommes perdus dans la ruralité profonde. Ton maître m'a l'air d'un pauvre type avec le QI d'une bourriche d'huîtres. Tu es toute blanche. Je prends les paris. Blanchette ! Tu t'appelles Blanchette, c'est ça ?
À l'appel de son nom, Blanchette se lança dans une série de petits sauts joyeux qui la conduisirent un peu plus près de la jeune-femme qui lui parlait. Qui lui parlait à elle Blanchette. En prononçant son nom.
Alexandra la considéra avec bienveillance.
- Tu as l'air bien joyeux, Blanchette ! Qu'est-ce qui te rend heureuse ainsi ? Moi aussi, je suis heureuse, vois-tu ? Et tu sais pourquoi ? J'ai retrouvé Jean, mon Jean ! Je croyais l'avoir perdu à jamais et non ! Regarde Blanchette ! Il est là, tout près, je peux le toucher, le sentir, l'entendre si je mets mon oreille sur cette grosse touffe d'herbe. Mon Jean, mon amour, ma vie.
Blanchette regarda dans la direction de la grosse touffe d'herbe. Elle bêla son contentement d'avoir une nouvelle amie bipède.
Alexandra lui sourit :
- Tu es heureuse pour moi. Merci Blanchette, tu es bien mignonne pour une chèvre et tu ne sens pas trop mauvais. Tu sens moins mauvais que ce vieux à la barbe blanche qui a volé

la place de mon Jean. Lui il sentait le vieux, le très vieux. Mais j'y pense, tu devais le connaître, ce vieux. On m'a dit qu'il passait le plus clair de son temps contre cet arbre. C'est d'ailleurs pour ça qu'on a répandu ses cendres ici. Sauf que c'était pas lui ! Ils ont brûlé mon Jean, tu te rends compte, mon Jean, en cendres, en cendres... Mais je m'en fous maintenant, je l'ai retrouvé, et notre amour est plus fort que jamais.

Blanchette finit par se coucher tout près d'Alexandra. La femme fit mine d'approcher sa main, mais elle se rétracta. La chèvre bêla de déception. Alors la femme recommença. Sa main plana un instant entre les deux petites cornes pointues, hésita, avança, recula, puis, comme une plume, finit par se poser là, sur les poils un peu frisés, tout blancs, tout doux. Blanchette ferma les yeux. Elles restèrent ainsi plusieurs heures, dans un silence confortable entrecoupé, pour l'une par des banalités sur le temps qu'il faisait, sur la douceur de l'air, sur les oiseaux qui chantaient, et pour l'autre par des chevrotements d'approbation, même si elle n'était pas tout à fait sûre de ce qu'on lui disait. Mais ce dont elle était sûre, c'est qu'on ne la détestait pas.

10

Quelques jours s'écoulèrent et entre la femme et la bête, un rituel s'instaura. Blanchette broutait à distance le matin, prenant soin de ne pas troubler ce monologue que l'humaine récitait avec force roucoulements et gémissements. Elle s'emplissait d'herbe et de tonalités qui saupoudraient son repas d'une délicieuse touche poivrée. C'est uniquement une fois l'une et l'autre rassasiées qu'elles se rapprochaient pour converser aimablement une partie de la journée, l'une jouant avec une pâquerette, l'autre croquant un brin d'herbe.

Petit à petit, Blanchette sentit une tension réapparaître chez celle qu'elle considérait à présent comme SON humaine. Elle avait beau faire des sauts de cabri, marcher sur ses postérieurs, rien n'y faisait : le ciel et l'humeur s'assombrissaient. La bipède marchait beaucoup, tournait en rond autour du vieux chêne, arpentait les berges du ruisseau, dans un sens, puis dans l'autre. Elle maugréait, rageait, s'emportait. Blanchette l'écoutait mais ne comprenait pas. Elle savait juste que dans sa voix grondait comme une menace qui faisait de l'ombre à l'amour.

- Tu comprends, Blanchette, j'ai posé une semaine de congés. Et on arrive au bout de la semaine. Je vais devoir rentrer en ville, loin d'ici, loin de Jean, loin de mon amour. Je vais devoir le laisser ici, tout seul, l'abandonner à nouveau alors que je viens à peine de le retrouver. Je ne peux pas passer ma vie dans ce gîte minable, j'ai besoin de mon travail pour survivre et qui aurait besoin d'une comptable dans ces régions reculées ? Ce paysan, il ne va peut-être pas accepter que je vienne dans son champ tous les week-ends. Et puis quand il pleuvra, quand il fera froid, je ne pourrai pas passer ma journée dans cette prairie ? Et même, comment réussirais-je à me lever, chaque matin, à partir au travail, à rentrer des chiffres dans les bonnes colonnes, sans la perspective de le voir, le toucher, le sentir le soir en sortant ? Non, Blanchette, je n'ai qu'à me laisser mourir, là, dans ce champ, sur cette touffe d'herbe et demander à ton maître qu'il répande mes cendres sur les siennes, et nous nous envolerons ensemble, mêlés à jamais.

Allez savoir pourquoi, Blanchette trouva ça drôle. Quelque chose, dans les intonations, qu'elle ne parvint pas à prendre au sérieux. Elle sautilla sur place en bêlant son allégresse. Alexandra accueillit ces manifestations de joie avec beaucoup de froideur. Elle se leva de la touffe d'herbe et se dirigea vers le ruisseau en marmonnant :
- Si toi non plus tu ne me prends pas au sérieux, je n'ai plus qu'à aller noyer mon chagrin dans le ruisseau.
Le fait qu'il n'y eût pas plus de vingt centimètres d'eau dans les gours les plus profonds n'entama pas sa résolution et elle traversa la bande de terre entre le chêne et la berge avec force et détermination. Blanchette fit mine de la suivre. Mais un geste de la main, péremptoire, et un sifflement de serpent entre ses lèvres figèrent la pauvre petite chèvre sur place. Elle regarda s'éloigner la femme en colère et la vit disparaître sous les frondaisons d'acacias.

Blanchette resta plantée là. L'humaine, SON humaine, ne voulait plus d'elle. Et elle n'avait pas envie de rejoindre ses sœurs de troupeau. Elle tourna et vira, le nez au vent, la barbichette de travers. Dans le ciel, les nuages s'accumulaient, voilant le soleil, obscurcissant la belle prairie émeraude, la faisant virer au vert plus profond où parfois, l'ombre du chêne laissait des griffures sombres comme la nuit. Le troupeau s'éloigna gagné par la peur de l'ombre. Alexandra ne revenait pas, noyée, peut-être pas dans le ruisseau, plus sûrement dans son chagrin. Une douloureuse nostalgie envahit la biquette qui se souvenait du Vieux qui jamais ne l'avait chassée ainsi. Le Vieux sous son chêne, qui sentait le tabac et le miel, qui la grattouillait entre les cornes. Elle baissa le nez vers cette touffe verte, à la place exacte où il s'asseyait, et elle huma longtemps, longtemps l'herbe grasse et drue. Rien. Pas de miel. Pas de tabac. Ni même cette subtile fragrance de moisi, qui quoiqu'en disent certains, montait parfois de sa vieille veste de laine. Malheureuse, seule, Blanchette décida de faire la seule chose qui remplirait un peu le vide en elle : manger.

Elle croqua tout d'abord un petit brin, en lisière de la grosse touffe, puis un deuxième. L'appétit, dit-on, venant en mangeant, elle s'attaqua plus avidement au reste. Au fur et à mesure qu'elle dégustait son herbe, elle retrouvait un peu de gaîté. Il est vrai que les graminées mêlées aux fleurs de prairie se révélaient particulièrement goûteuses à cet endroit-là. Elle racla jusqu'à la terre et étendit son repas en cercles concentriques. Elle ne levait même plus la tête, coupant, arrachant, mastiquant le moindre brin d'herbe, la plus petite fleur de pissenlit. Elle ne passait au cercle suivant que lorsqu'on apercevait le sol, gris et craquelé.

Une ombre plus noire que celle des branches du chêne s'étendit, comme celle du Commandeur, sur le sol dénudé. Blanchette ne connaissait pas le Commandeur, elle savait cependant qui était Don Giovanni, le bouc des voisins. Une ombre lourde de menace, comme celle du bouc auquel on la conduisait de force une fois par an. Elle se mit à trembler. Elle n'osa pas lever la tête. Le cri qui sortit du ventre de son humaine la glaça. Elle en oublia de fuir.

Mal lui en prit.

Car d'amour, elle n'en sentait plus.

11

Alexandra ne pouvait plus faire un pas, plus esquisser le moindre geste. Seuls ses yeux roulaient dans leur orbite, refusant de se fixer sur cette bande de terre nue, grise et triste, sur laquelle, çà et là, subsistait une brindille morte. Quelques fleurs de pissenlits gisaient, déjà flétries ou piétinées par les sabots de l'animal. Mais d'herbe verte, point ! Rien que cette nudité, obscène et glaciale. Il fallut quelques minutes avant qu'elle pût à nouveau avancer. Elle s'agenouilla précautionneusement sur le sol et attendit un peu, les yeux fermés, comme pour mieux écouter. Puis elle s'allongea de tout son long. Son corps occupait parfaitement la bande de terre. Elle posa sa joue dans la poussière. Et écouta. Écouta encore. Son visage pivota, et le nez écrasé contre le sol, elle huma longuement.

Ce n'était pas possible.

Pas encore...

Ce serait trop insupportable pour qu'elle parvînt à continuer.

Elle devait en avoir le cœur net. Un murmure tout d'abord, passa ses lèvres, presque inaudible. La chèvre, à quelques mètres de là, pencha la tête sur le côté.

- Jean …

Une interminable attente.

Alexandra se mit à quatre pattes pour libérer sa bouche, son souffle, son amour :

- Jean !

Blanchette se permit quelques pas en direction de la femme. Elle avait reconnu le mot qui la mettait en joie, de si bonne humeur. Son humaine devenait si gaie lorsqu'elle prononçait ce mot. Un sésame. S'ouvrait alors la porte de leurs longues discussions entrecoupées de gratouillis entre les cornes.

Mais elle stoppa bien vite dans sa progression. C'était drôle comme le même mot dans la bouche des humains pouvaient signifier tant de choses différentes, parfois opposées. JEAN.

- Jean ! JEAN ! Tu es là ? Réponds-moi, je t'en prie, réponds-moi ! JEAN ! Il n'est plus là ! Il n'est plus là ! Saloperie de chèvre tu as mangé Jean !

De ses doigts fébriles, Alexandra se mit à gratter la terre, dérangeant quelques fourmis et la larve endormie d'une cigale qui ne chanterait jamais. Elle enfouit son visage dans le trou et continua à crier. Ses larmes, sa salive se mélangèrent à la poussière et Alexandra en ressortit le visage maculé de traces de boues dans lesquelles, le flot à présent ininterrompu de ses larmes laissait des sillons marbrés.

Blanchette avait un sentiment très mitigé vis-à-vis des larmes. Le Vieux pleurait parfois. Elle le soupçonnait d'ailleurs de venir sous son chêne juste pour pleurer. De sa douce langue, elle récoltait les larmes dont le sel la régalait. Mais le festin ne suffisait pas à lui desserrer le cœur. Car elle voyait bien que le Vieux était malheureux. Et le malheur est bien plus fort que la gourmandise. Alors, pour voir ce visage aimé se fendre à nouveau d'un sourire, ces lèvres, capables de prononcer des mots si délectables, s'entrouvrir joyeusement sur des chicots jaunis, ce doigt rêche mais si tendre, passer sous l'œil délavé et y recueillir la dernière goutte de chagrin, bref pour chasser toute cette tristesse, Blanchette avait plus d'un tour dans son sac de chèvre. Il était bien rare que le Vieux ne finît pas par éclater de rire. Elle sautait, la petite chèvre blanche, des quatre sabots à la fois, en tournant autour du chêne, en avant, en arrière. Elle se dressait sur ses pattes arrière et faisait semblant de charger le Vieux qui faisait semblant d'avoir peur. Et le clou du spectacle, c'était quand elle faisait son Pompon, se roulant dans l'herbe comme une folle, faisant plusieurs tours sur elle-même, allant même parfois jusqu'à dégringoler jusqu'au ruisseau dont elle revenait, trempée mais heureuse, car même avec le grondement du courant, elle entendait, là-haut, sous le chêne, le rire un peu cassé du Vieux, qui avait oublié, pour un temps, qu'il avait tant de raisons d'être malheureux.

D'instinct, elle sut, la petite chèvre blanche, qu'il était inutile, voire franchement dangereux de lécher les larmes d'Alexandra. De toute façon, elle n'en avait guère envie. Toute cette boue la dégoûtait un peu et après son orgie d'herbe, elle se sentait un peu nauséeuse. L'humaine sécherait bien ses larmes toute seule dès que le sourire, voire le rire serait revenu sur son visage. Elle esquissa quelques petits sauts qui laissèrent la femme de marbre. Elle s'en doutait, la chèvre. Elle avait trop souvent sautillé devant elle, et à force, ce numéro perdait de sa force d'amusement. Il fallait en tout savoir se renouveler. Elle se souvint s'être présentée, pour la première fois en position d'humain, debout. Elle décida de renoncer à cette facétie-là. Restait Pompon le cheval. Blanchette se coucha, donna un coup de rein, et la voilà qui roule, roule le long de la pente, dans l'herbe grasse et verte. Elle n'en finit pas de rouler, Blanchette, elle ne sait plus trop bien pourquoi elle roule, mais elle roule et bêle de bonheur. L'herbe est veloutée, un peu humide déjà, le soleil tiède encore, là-bas, elle entend le ruisseau chanter. Elle roule, la chèvre. Elle roule. Elle rit. Elle est heureuse, de ce bonheur simple dont seules les chèvres (et parfois les ânes) sont capables, d'un bonheur d'une telle violence, qu'elle n'a aucun doute, Blanchette, il ne peut être que communicatif.
Elle se releva avant de tomber dans l'eau, il faisait bon, mais pas encore assez chaud pour prendre un bain, et puis le soleil

allait se coucher. Comment sécherait-elle ? Toute encore à sa joie, elle remonta la pente jusqu'au chêne en sautillant et, arrivée près de la femme, elle écarta ses quatre pattes, se campa fièrement et attendit que le rire – et les câlins qui vont avec – vînt.

Mais, si dans les yeux d'Alexandra, il n'y avait plus de larmes, ils restaient désespérément éteints. Blanchette, dépitée, se dit qu'elle allait renoncer, rejoindre ses congénères : après tout, la banalité et la simplicité sont parfois plus reposantes que les excentricités. Elle avait cru trouver en Alexandra une héritière du Vieux, une bipède vaguement amoureuse d'une chèvre, mais elle ne voyait à présent dans ce visage figé, bouffi et maculé de boue, dans ces yeux vides de tout, mais surtout vides d'amour, dans ce corps prostré, qu'une confirmation de la supériorité de l'animal, surtout la chèvre, sur l'homme. Elle tourna le dos et, drapée dans sa dignité, calme et posée – finis les sauts de cabri – elle prit la direction du haut du champ où le troupeau paissait paisiblement.

- Attends !

La chèvre continua son chemin.

- Blanchette ! Attends !

Elle daigna ralentir. Derrière elle, elle entendit le bruit des pas humains et sentit la présence de la femme. La curiosité fut plus forte que la dignité. C'est souvent le problème chez les animaux, comme chez les humains. Elle se retourna et regarda la femme dans les yeux.

Alexandra ne quittait pas la petite chèvre du regard. Elle tendit la main et passa un doigt léger comme une plume le long de son cou, puis sur dos, et remonta en caressant son flanc. Blanchette frémit. Dans le regard de la femme, une étrange lueur, pas encore vraiment un sourire, mais cela y ressemblait un peu, s'alluma et illumina ses traits. Sa main s'attarda sur l'encolure et tout doucement, comme on murmure pour ne pas effrayer un enfant, elle dit à la chèvre :

- Regarde-toi, Blanchette, regarde-toi !

Blanchette ne comprit pas les mots, mais eut la certitude d'avoir regagné le cœur de la femme. Elle se prêta aux caresses, les yeux mi-clos.

- Tu as vu ? Tu es toute verte. Ce matin, tu étais blanche comme la neige, et te voilà couverte de taches vertes, sur ton dos, sur ton ventre. Tu es verte, Blanchette, verte...

La chèvre verte s'en moquait bien de sa couleur, elle se cambrait sous les caresses, au paradis des chèvres.

Mais les caresses stoppèrent aussi soudainement qu'elles avaient commencé. Alexandra s'était reculée. Elle porta sa main à sa bouche. Ses yeux s'arrondirent de stupéfaction. La stupéfaction qui suit immédiatement l'évidence. Blanchette lui sourit, encore toute à l'extase des caresses. La femme parla, dans sa voix, chantait la promesse du bonheur :

- Jean ? C'est toi ? Tu es là ? C'est bien toi ?

Blanchette, insatiable, encouragée par le mot magique prononcé, cette fois-ci, avec exactement les bonnes intonations, n'hésita pas une seconde : elle se dressa sur ses postérieurs et avança vers la femme qui, sans avertir, passionnément, presque brutalement, la saisit par le cou et la serra contre elle. Pour ne pas tomber, Blanchette passa ses pattes avant sur les épaules d'Alexandra et laissa pendre ses jolis sabots noirs – et un peu verts aussi, un vert bouteille assez seyant pour des sabots – dans le dos de la bipède. Dans ses oreilles, très légèrement ourlées d'émeraude, chuchoté à l'infini, la petite chèvre blanche et verte d'herbe entendit le mot magique. Jean, Jean, Jean ... Elle se demanda si en humain, cela ne voulait pas dire amour.

-12-

Mardi

Frangine

Alors ?

Moi

Tu ne vas pas me poser la
question tous les jours ?

Frangine

Ben si ! Je suis du genre
qui lâche pas l'affaire.
Tant que tu ne l'auras
pas mise dehors,
je ne serai pas tranquille.

Moi

Alors dors sur tes deux oreilles,
petite sœur.
Quand je suis rentré du marché
à 13heures, elle n'était plus là.

Frangine
Ah ben ça alors !
Mais comment
elle est partie ?

Moi
Elle m'a demandé de la conduire à
Aubenas hier
pour louer une voiture.
Elle a dit qu'elle voulait rentrer par
le chemin des écoliers
faire un peu de tourisme
pour se changer les idées.

Frangine
Et tu me dis ça maintenant !

Moi
Je préférais être sûr qu'elle soit partie
plutôt que de te faire une fausse joie.

Frangine
Et tu es certain qu'elle est
partie pour de bon ?
Elle est pas juste
allée faire un tour ?

Moi
Oui, oui ! Le gîte est vide,
y a plus ses affaires.
Elle a tout rangé et nettoyé.
En même temps, vu qu'elle passait
tout son temps dans la prairie,
y avait pas grand-chose à faire dedans !

Et tu sais le plus drôle, c'est que la voiture
qu'elle a louée c'est une Partner !
Pas ce qu'il y a de plus glamour
pour le tourisme !
Ils devaient rien avoir d'autre
de dispo à l'agence de location.

Frangine
On s'en fout,
bien fait pour sa gueule.
En tout cas,
une bonne chose de faite !
Bisous à bientôt !
Profite bien de la vue sans elle !

Moi
T'inquiète, je vais me régaler
de ne plus avoir
un épouvantail à moineaux
sous ma fenêtre !

Mercredi

Moi

Frangine ! Frangine ! T'es là ?

Frangine

Je bosse moi !
Suis en réunion avec le boss.
Qu'est-ce-qu'il y a encore ?

Moi

C'est Blanchette, elle est plus là.

Frangine

Et c'est pour ça que tu me
déranges en comité de direction ?
Merde, c'est pas la première fois
que t'as une chèvre qui se barre.
Elle va revenir, comme d'habitude.

Moi

Non, Blanchette, c'est un vrai pot de colle,
elle ne s'enfuit jamais.
J'ai cherché partout au cas
où elle aurait pu se faire enfermer,
dans une cave ou une grange. Rien.
Je l'ai appelée toute la soirée hier,
une partie de la nuit. Rien.

Frangine

Écoute ! Tu te fais du souci pour rien.
Relis Daudet !

L'appel de la Montagne,
tu connais ?
Elle se la joue
« chèvre de Monsieur Seguin »,
ta Blanchette.
En même temps,
t'avais qu'à pas l'appeler comme ça.
C'est le printemps,
elle est partie
gambader un peu loin,
et comme en Ardèche,
y a pas de loup
elle va revenir bientôt.

Moi
Non ! Tu ne comprends pas.

Frangine
Je suis en train de justifier
la baisse du chiffre d'affaires de 13 %
sur la dernière période
à un patron impatient
alors si tu pouvais faire vite
avant que je me fasse gauler
en train d'envoyer
des SMS sous la table...

Moi
Le Partner !

Frangine
Putain Sébastien, je vais te buter !

Moi
Le Partner, bordel !
Je crois que c'est l'autre folle
qui a volé ma Blanchette...

Autour d'elle, tout était vert. Mais rien ne se mangeait. Elle avait tout goûté, des draps du lit à la moquette, en passant par les rideaux. Ce vert trompeur avait le goût amer de la captivité. Même la paille du vieux fauteuil, pourtant si tentante dans cet univers de plastique, lui avait fait faire la grimace. Elle l'avait pourtant engloutie jusqu'au dernier brin. Ce n'est pas qu'elle mourait de faim, Blanchette, non, Alexandra pourvoyait amplement à ses besoins en lui fournissant d'abondantes rations de foin. Elle les prélevait de bottes odorantes qu'elle avait entreposées sur le balcon. Mais une dure et froide paroi de verre empêchait la petite chèvre d'y accéder lorsque l'envie lui prenait. Or l'envie lui prenait souvent, car si elle n'avait pas faim, elle s'ennuyait ferme, et qu'aurait-elle bien pu faire d'autre dans cet espace confiné que de grignoter un brin par ci, une fleur par là.

Sauf que les fleurs, de grosses corolles toutes noires dans un vase noir comme les ailes du corbeau qui avait fait son nid dans le chêne, elle les avait déjà toutes boulottées, sans même les trouver bonnes, cassant le vase au passage. Le bruit du verre sur le carrelage l'avait fait sursauter et en reculant un peu brusquement, elle avait bousculé le grand rectangle noir qui parfois s'éclairait et montrait des images d'un monde que Blanchette ne connaissait pas et ne comprenait pas. Ce soir-là, Alexandra s'était montrée fort mécontente. Elle lui avait tourné le dos pour ramasser les morceaux, s'était coupée, et en suçant le sang qui dégoulinait de sa main, elle n'avait cessé de répéter :

- Jean ! Jean … Tu exagères tu pourrais faire attention. La télé, TA télé ! Quand même !

Elle avait réussi à passer une après-midi correcte grâce à la mousse qu'elle avait dénichée sous le cuir vert du canapé où la femme et elle s'asseyaient tous les soirs. On s'enfonçait un peu trop dans ce siège, mais elle avait accepté de s'y installer, car c'est là qu'Alexandra lui prodiguait ses plus agréables câlins : des gratouilles entre les cornes, de longues caresses sur le dos, sa joue qu'elle frottait contre la sienne, ses lèvres qu'elles posaient sur sa barbichette tremblotante. Mais même ces attentions la lassaient, et aujourd'hui, après huit levers de soleil, à bien y regarder, on pouvait voir briller sur le poil blanc un peu terni juste au-dessous des yeux, des gouttes qui ne devaient rien à la rosée du matin ou à une giboulée de printemps. Depuis quand pleut-il dans un appartement de petite ville de province ? Plus de mousse, plus de canapé.

Alexandra avait râlé à nouveau :

- Mais Jean, où va-t-on s'asseoir maintenant ?

Et elle avait éclaté de rire :

- Coquin va ! On va devoir passer plus de temps au lit... C'est ce que tu voulais hein ?

Blanchette n'y voyait pas d'inconvénients. Elle finissait, résignée accablée, par ne plus voir d'inconvénients à grand-chose. Et puis, il fallait bien avouer que la gourmandise était le péché mignon de la chèvre. Or, c'était là, sur le lit, qu'Alexandra lui servait son dessert après sa ration de foin. Elle savait varier les plaisirs : de la confiture de figues, moins bonnes que celles qui tombaient du grand figuier sur la terrasse de la maison, là-bas, mais quand même ; du miel d'acacia, et la petite chèvre se souvenait avec une émotion grandissante du bourdonnement des abeilles sur les arbres sucrés du bord du ruisseau ; ou encore de la crème de marrons, trop douce, plus sucrée que les châtaignes qu'elle croquait le long des chemins, après les avoir dégagées de leur bogue piquante d'un coup de sabot expert.

Blanchette léchait ces friandises sur le corps de sa maîtresse, s'attardait avec autant de complaisance que de soumission, là où des mains fébriles maintenaient sa tête, et lorsque Alexandra, enfin, se berçait au son de sa litanie de « Jean » roucoulés jusque dans le sommeil, Blanchette, à son tour s'endormait dans les draps fraîchement déchirés.

Elle glissait dans ses souvenirs, emplie encore du parfum entêtant des acacias. Elle qui n'avait jamais succombé à l'appel des collines, elle, qui était restée sourde aux cris de l'épervier lui montrant le chemin de la liberté, elle qui avait résolument préféré les hommes aux bêtes, la voilà qui rêvait, dans un sommeil agité, de rochers à-pic, de crêtes escarpées, de drailles caillouteuses, de sous-bois inquiétants. Elle entendait les grognements menaçants des blaireaux qui se disputaient un reste de charogne, le ricanement perfide du renard qui filait, queue au vent, une poule encore vivante serrée entre ses dents. Elle sautait, de rocher en rocher, franchissait les torrents, se glissait dans les lianes de salsepareilles, tombait, se cognait, s'écorchait. Mais elle courait, elle courait, la chèvre, jusqu'au bout d'un univers que ne clôturaient pas quatre murs au papier peint arraché. Un univers peuplé de laies agressives et de sinistres vipères, mais un univers sans homme.

Elle avait été trahie par les hommes. Le Vieux l'avait abandonnée et la femme l'aimait trop. Elle était la prisonnière de cet amour insensé qui lui fournissait de quoi subsister, mais la privait de sa vie.

Les jours passaient.

Les nappes, les coussins, les pieds de chaises, les stores, le parquet de la chambre, le rideau de la douche, les fils de l'ordinateur, le panier des courses, les pantoufles, les pulls, les serviettes de table, les mouchoirs en papier, les abat-jour des lampes, les couettes, les rouleaux d'essuie-tout, les serviettes hygiéniques, les sacs-poubelle, la tapisserie du salon, le tapis de bain trépassaient.

Alexandra, aveuglée, se consumait d'amour.

Blanchette, assommée, se consumait d'ennui.

Le futur était aux portes du présent.

14

Alexandra, harassée, se trompa deux fois avant de réussir à saisir le code d'entrée de l'immeuble. Elle laissa la lourde porte se refermer sur elle et se dirigea vers l'antique ascenseur. Elle ne ressentait plus cette joie fulgurante à l'idée de revoir Jean, cette joie mâtinée d'impatience qui la faisait courir vers la cage d'escaliers. Et alors, elle grimpait les deux étages bien plus vite que l'ascenseur poussif. Non, son excitation se ternissait. Elle le sentait bien. Les bêtises accumulées de Jean finissaient par lui peser. Après sa longue journée de travail, il lui fallait encore nettoyer les crottes qu'il semait partout dans l'appartement, recoudre les coussins, recoller tant bien que mal les lambeaux de papier peint, éponger les flaques de pisse. Elle avait essayé de profiter de l'incroyable capacité de l'enveloppe charnelle de son Jean, la chèvre, quoi, à se tenir debout, pour tenter de lui apprendre à uriner dans les toilettes. Mais l'absence de pénis faisait cruellement défaut. A tout point de vue.

Était-ce ainsi que finissaient les couples ? Elle voyait autour d'elle des maris tromper leur femme, des épouses se lasser de leur homme. Jean et elle étaient au-dessus de cette déchéance programmée, n'est-ce-pas ? Ce n'étaient pas quelques crottes et une couette vidée de son duvet d'oie qui allaient abattre un amour plus fort que la mort.

Non ! Alexandra se redressa. Jean l'attendait, il fallait qu'elle fît bonne figure.

- Madame Mercier !

Elle se tourna vers la loge de la concierge d'où on l'appelait. La gardienne, les poings sur les hanches, semblait déterminée.

- Madame Mercier, il faut que je vous parle. Plusieurs résidents de l'immeuble se sont plaint de bruits étranges et répétés provenant de votre appartement. Comme si un animal y galopait pendant la journée lorsque vous partez au travail. Vous n'avez pas pris un chien, j'espère. Vous savez que les chiens sont interdits dans l'immeuble. Nous acceptons les poissons rouges, tolérons les canaris, fermons les yeux sur les chats, mais refusons catégoriquement les chiens. Vous le savez Madame Mercier ? Et d'après vos voisins, ce n'est pas un poisson rouge qui peut faire autant de raffut ! Alors Madame Mercier ? Vous avez un chien ?

Alexandra n'eut pas à feindre la répulsion :

- Mais enfin, Madame Duval ! Comment pouvez-vous dire cela ? Vous savez bien que j'ai les animaux en sainte horreur, surtout les chiens aboyeurs et les chats perfides ! Quant aux oiseaux, vous savez ce que je leur fais aux oiseaux lâcheurs de fiente ? Je leur tords le cou ! Oui, comme je vous le dis, Madame Duval, je leur tords le cou. Rappelez-vous, tout de même, à l'assemblée des copropriétaires, c'est moi qui ai fait voter cette interdiction de détenir chiens ou chats dans l'immeuble. Et aujourd'hui, vous m'accusez ! Moi ! J'ai dû laisser la télé allumée un peu fort sur D8, vous savez, ils poussent des cris d'animaux sur cette chaîne. Cela ne se reproduira plus.

La concierge recula, convaincue à moitié, vaincue totalement, et se replia dans sa loge après un bref salut. Alexandra s'engouffra dans l'ascenseur et arriva chez elle en trombe.

- Jean ! Jean ? Écoute-moi. Il faut que tu arrêtes de courir partout quand je ne suis pas là. Les voisins se plaignent. Que fera-t-on quand ils te découvriront et t'expulseront ? Sois raisonnable, Jean.

Vautrée dans la corbeille de linge sale qu'elle grignotait sans entrain, Blanchette ne répondit pas.

15

Quelques jours plus tard

-Allô ?
- Madame Mercier ?
- Oui ! À qui ai-je l'honneur ?
- Monsieur Vigneron, président du syndic des copropriétaires.
- Ah ! Attendez une seconde je suis à vous *(Jean, lâche cette baguette, tu viens de manger, tu vas avoir mal au ventre et encore faire caca partout).* Voilà. Que puis-je faire pour vous ?
- Plusieurs copropriétaires se sont plaints de bruits et d'odeurs suspects en provenance de votre appartement. Je sais que la gardienne vous a parlé. Vous niez les faits, mais nous aimerions venir vérifier par nous-mêmes qu'en effet vous ne détenez pas de chien chez vous.
- Monsieur Vigneron, c'est tout à fait insultant et qui plus est, illégal. Je vous jure sur la tête de mon défunt époux … euh … attendez *(Jean ! Descends de la table tu vas encore casser quelque chose ! Oh ! Non ! Jean ! La reproduction de la Vénus de Milo de ma grand-mère, j'y tenais tant ! Tu n'es pas raisonnable !).* Je vous jure sur la tête de … Sur votre tête, tiens, qu'il n'y a pas de chien dans cette maison ! Et en l'absence de mandat de perquisition, je vous interdis de venir chez moi.
- Vous allez nous pousser à une procédure ridicule, alors qu'il serait plus simple, pour calmer tout le monde, que nous procédions nous-mêmes à une rapide vérification.
- Lancez les procédures que vous voulez, Monsieur Vigneron, mais sans injonction de la justice, jamais je ne vous ouvrirai la porte. Sur ce, bonne soirée. *(Jean, non ! Jean ! Attention !)*

16

Frangine
Hello, T là ?

Moi
Oui, oui ! Alors ?

Frangine
Alors, chou blanc.
Si j'ose dire, LOL.

Moi
Ça ne me fait pas rire.
Tu y es allée ?

Frangine
Oui. Y a fallu que je montre
patte blanche (re-LOL)
pour qu'elle m'ouvre.
Une histoire de voisinage
et de syndic à laquelle
j'ai rien compris.
Mais quand elle a
reconnu mon nom
et qu'elle m'a vue
dans l'œilleton,
elle s'est calmée.

Moi
Elle t'a ouvert ?

Frangine
Pas tout de suite.
Elle voulait savoir
ce que je voulais.

Moi
Et alors. T'as dit quoi ?

Frangine
Ce qu'on avait décidé.
Que t'avais trouvé
des clés dans le gîte
et que tu pensais
qu'elles étaient à elle
et que je lui rapportais.

Moi
Et là, elle t'a ouvert ?

Frangine
Entrouvert plutôt,
avec la chaîne pour
m'empêcher de rentrer.
Elle a pris le jeu
de clés du bureau
que j'avais préparé
et elle l'a regardé
avant de me le rendre
puisque ce n'était pas à elle.
Sans blague.

Moi
Et Blanchette, tu l'as vue ?

Frangine
Pas vue, pas entendue, pas sentie.

Moi
Oh non … Une chèvre
dans un appartement,
ça ne passe pas inaperçue.

Frangine
Non. En effet.

Moi
Alors, elle n'y est pas,
je me suis raconté des histoires.

Frangine
J'ai pas dit ça.

Moi
???????

Frangine
J'ai pas vu Blanchette,
j'ai pas entendu de bêlement,
et j'ai pas senti d'odeur de bête.
Mais dès que j'ai sonné,
la radio a été allumée
et marchait à tue-tête,

et quand elle a ouvert la porte,
il y avait un très fort parfum
de désodorisant d'intérieur,
un truc genre Brise du Large,
qu'elle venait de toute
évidence de vaporiser.

Moi
Alors tu crois … ?

Frangine
Je crois qu'elle cache
quelque chose, oui.
Quelque chose de bruyant
et qui pue.
Genre, ta chèvre.

Moi
Blanchette ne pue pas.
Qu'est-ce qu'on fait ?

Frangine
Je crois que je vais aller
faire un petit coucou
à notre bon ami
l'inspecteur Bourdin.
Je te tiens au jus.

74

17

- Eh ! Nicolas ? Mercier, c'est pas le nom de la folle-dingue de ton affaire d'exhumation et d'échange de cadavres ? Celle qui s'est jetée dans le cercueil ?

Nicolas Bourdin leva les yeux de son écran d'ordinateur et pivota légèrement en direction de son collègue.

- Si. Alexandra Mercier. Pourquoi ?

- J'ai toute une série de plaintes contre elle : des voisins, le syndic de son immeuble. Tapage diurne. Nuisances olfactives. Ils la soupçonnent de détenir un chien, ce qui est interdit par le règlement de la copropriété, et qui plus est un chien qui ferait pas mal de dégâts si l'on se fie au bruit incessant dans l'appartement.

- C'est marrant, elle n'est pas du tout le type mémère à chienchien, cette femme. Ça m'étonne un peu. Tu vas faire quoi ?

Le jeune collègue se balança sur sa chaise.

- Si je ne fais rien, ils risquent de me soûler longtemps. J'irai faire un tour, histoire de les calmer, et après on classera sans suite. On a d'autres chats à fouetter, non ?

Il éclata de rire et faillit tomber. Bourdin sourit un peu.

Le planton de la réception passa une tête :

- Inspecteur Bourdin, j'ai une dame qui veut vous voir. Elle dit qu'elle vous connaît et que vous avez eu à faire à elle récemment. Une Madame... Attendez. C'est comment déjà votre nom, Madame ? Cabanel, Laétitia Cabanel. Ça vous cause ?

Le sourire de Bourdin se figea sur son visage. Cabanel et Mercier. L'échange. Alors que l'on venait de porter plainte contre l'une, que venait faire l'autre au commissariat ?

L'inspecteur enregistra et ferma le document sur lequel il travaillait.

- Faites-la entrer.

18

Zut ! Elle allait encore devoir l'assommer. Oh ! Elle avait la technique, maintenant. Après tout, c'était quoi ? La quatrième, cinquième fois ? Oui, la cinquième fois. Il fallait reconnaître que la première fois, elle avait, pour ainsi dire, raté son coup. Elle avait été prise au dépourvu. La concierge qui sonne à la porte sous un prétexte fallacieux, comme si ce colis de la librairie en ligne contenant le dernier ouvrage sur la réincarnation des Intouchables en vaches sacrées dans la province du Tamil Nadu en Inde du Sud ne pouvait pas entrer dans la boîte aux lettres... Bref. Si elle n'avait eu aucune intention de faire pénétrer la grosse Duval dans son appartement, il lui avait fallu entrouvrir la porte et avec Jean, même si elle l'enfermait dans la salle de bain, on n'était jamais à l'abri d'une grosse surprise : cavalcade dans la baignoire, plongeon dans les WC, bêlements déchirants de bête agonisante. Elle n'avait pas eu le choix et n'avait, de toute façon, pas trop réfléchi. Prise de panique, elle s'était saisie d'une bouteille vide de Gin terminé la veille et elle l'avait fracassée sur sa tête pour le faire taire le temps de la visite. C'était compter sans les cornes. La bouteille avait explosé et les tessons avaient entaillé le cou qui s'étaient couvert de jolies coulures rouges. À la porte, la sonnette s'était faite insistante. Jean pleurait de douleur et d'effroi. L'affolement la gagnait. Le pied en granit vert de la lampe du salon avait fait l'affaire et cette fois-ci, elle avait pris soin de l'appliquer derrière la tête. Il s'était écroulé. Elle l'avait tiré par les pattes jusque dans la salle de bain.

La concierge s'était montrée suspicieuse en tendant le colis par entrebâillement de la porte. Mais si le désordre de l'appartement n'avait pu lui échapper, aucun bruit, aboiement, ni miaulement ne vinrent corroborer ses soupçons, et pour cause ! Et aucun bêlement intempestif ne vint en rajouter d'autres.

À son départ, elle avait couru dans la salle de bain. Jean gisait toujours sur le tapis, inconscient. Elle avait passé un gant de toilette sur son visage, sur sa nuque où, juste derrière les cornes, poussait une bosse violacée. L'eau froide l'avait ranimé. Elle n'oublierait jamais le regard d'épouvante et de consternation qu'il lui lança. Elle l'avait porté jusqu'à leur lit et s'était serrée contre lui. Tout doucement, elle lui avait massé la bosse avec une crème à l'arnica et à son oreille encore tachée de sang, elle avait répété, répété, répété :

- Pardon... Pardon...Pardon... Mais tu comprends, si on te trouve, on t'enlèvera à moi. Pardon... Pardon... Pardon...

Mais Blanchette, meurtrie dedans, blessée dehors, raidie dans sa terreur, n'avait, de toute la nuit, cessé de trembler contre le corps de la femme.

Ensuite, ce fut le défilé : un voisin, qui venait se plaindre, puis le Président du Syndic lui-même qui sonna à sa porte. Et enfin, la visite bizarre de la sœur Cabanel pour une histoire louche de jeu de clés. Chaque fois, il lui fallait ouvrir, pour prouver sa bonne foi. Elle fit même rentrer le président du syndic dans le salon pour mieux le convaincre. Elle ne ratait plus son coup à cause des cornes. Non ça, elle maîtrisait bien à présent. Elle connaissait exactement le point sur la nuque où il fallait frapper pour que Jean s'écroulât immédiatement. Non, la vraie difficulté provenait du fait que dès qu'il la voyait, il déguerpissait avec force de dérapages, cherchait à se planquer dans les placards, derrière les rideaux, il en oubliait de bêler, fort heureusement, tellement il avait peur, et cela prenait forcément un peu de temps de le dénicher et de lui asséner son coup de lampe derrière les oreilles. Elle s'était cassé le dos à le traîner dans la salle de bain pour le dissimuler aux regards inquisiteurs de ses visiteurs. Mais, ça allait mieux, de ce point de vue là aussi. À force de coups, le pauvre était entré dans une forme de dépression post-traumatique, dont le symptôme principal, à part les yeux qui roulaient dans leur orbite, était une anorexie galopante. En bref, il ne mangeait plus. Pas même la paille des chaises. Il maigrissait à vue d'œil et elle pouvait le porter dans la baignoire sans plus de difficulté que s'il avait été un petit enfant fragile.

Chaque fois qu'elle le portait, elle soupirait de nostalgie à la pensée de cet enfant qu'ils n'auraient jamais. Avant, la stérilité de son époux avait rendu une grossesse impossible, et elle n'avait pas voulu entendre parler d'adoption ou de don de sperme. Et aujourd'hui, c'était elle qui ne pouvait plus, un méchant fibrome lui ayant valu son utérus l'année précédente. Un enfant de Jean... Le regret de sa vie. Alors, quand elle le portait, inconscient, si léger, abandonné dans ses bras, malgré les voisins qui tambourinaient à la porte, elle souriait d'un sourire de madone.

Donc, pour la cinquième fois, on sonna à la porte. Le pied de lampe et la bombe de désodorisant étaient prêts et elle savait que Jean se terrait sous le lit. Mais quand la voix, derrière la porte, lui annonça l'identité de son visiteur, elle se figea.

- Madame Mercier ? Inspecteur Bourdin ! Ouvrez, je vous prie, nous avons quelques questions à vous poser.

Elle sut instantanément qu'il ne serait pas question de chiens ou de chats, qu'un simple regard dégoûté au salon ne suffirait pas à le faire partir. Il fallait agir, vite. Elle courut à la chambre et s'agenouilla près du lit : planqué parmi les moutons, la chèvre tremblait et chevrotait faiblement. Elle la tira par un sabot et la lampe s'abattit. Boum.

- Madame Mercier? Ouvrez ! Que se passe-t-il ?

- Un instant, je m'habille. Vous me stressez je viens de faire tomber la lampe. J'arrive.

La tête blanche pendait lamentablement sur le côté. Elle y était allée un peu fort, peut-être. Elle souleva le corps inerte sans difficulté et le hissa sur l'étagère du haut du placard de sa chambre. Elle le poussa tout au fond et récupéra un sac de voyage vide qu'elle plaça devant pour le dissimuler au regard du policier.

Pshittttt. Douceur des Îles. Une mèche folle qu'on rentre dans le chignon. La porte. Droite, digne, légèrement offusquée.

- Inspecteur ? Que me vaut l'honneur de votre visite ?

Bourdin et son jeune collègue firent un signe de la tête :

- Madame Mercier bonjour. Je ne vais pas y aller par quatre chemins. Nous avons une plainte de la famille Cabanel ...

- Ces voleurs de cadavres !

- Madame Mercier, dans cette affaire d'échange de corps, ils sont aussi victimes que vous l'êtes, peut-être plus que vous encore, mais ça, c'est une autre histoire qui ne vous concerne pas.[1] Alors, un peu de respect, je vous en prie ! Non, ils affirment qu'à la suite de votre séjour chez eux, lorsque vous êtes allée vous recueillir sur les cendres de votre époux, vous auriez volé une de leurs chèvres. Blanchette. Comme la chèvre de Monsieur Seguin. Comme par ailleurs, mon collègue ici présent a reçu plusieurs plaintes concernant des bruits et odeurs suspectes émanant de votre appartement, nous aimerions jeter un coup d'œil.

Alexandra s'écarta et d'un geste théâtral, les invita à entrer :

- Je vous en prie messieurs. Et dites-moi si je sens, ou si mon appartement sent la chèvre ?

Le jeune flic huma un bon coup :

- Je trouve que ça sent plutôt la vanille. Tu trouves pas Nicolas ?

Bourdin le foudroya du regard et avança dans le salon sans rien dire. Ils firent méthodiquement le tour des pièces : la cuisine, le salon, la chambre, la salle de bain. Complaisamment, Alexandra alla même jusqu'à leur ouvrir les placards.

- Allez-y, Messieurs, fouillez ! Cette chèvre se cache peut-être sous mes petites culottes, dans une boîte à chaussures, ou pourquoi pas, tiens ! Là-haut ? Derrière ce sac de voyage ?

Les lèvres pincées, les policiers avancèrent vers la porte du balcon. Le sourire goguenard s'effaça sur les lèvres de la femme. Le foin ! Sur le balcon, traînait le reste d'une botte de foin auquel Jean ne touchait plus depuis qu'il était devenu anorexique. Bourdin revint du balcon un sourire triomphant sur les lèvres :

- Et ce foin, c'est pour qui ? Vous le fumez ou le mangez en

1   Mais une histoire qui tu pourras découvrir, lecteur, si tu as la patience d'aller jusqu'au bout de ce recueil !

salade, Madame Mercier ?

- Je ne vous permets pas, Inspecteur Bourdin ! Vous aussi, faites preuve de respect. Vous êtes rentré dans ma vie sans frapper et m'avez appris que l'on m'avait volé mon mari. Je ne suis plus la même depuis. Je n'ai plus d'endroit où me recueillir. Je suis seule, plus veuve que jamais, plus éplorée que jamais. Une pauvre chose ballottée sur le torrent de sa peine, aveuglée par ses larmes, ravagée par sa solitude. Mon île, c'était sa tombe. Plus jamais je ne pourrai désormais m'échouer sur la terre ferme du souvenir, me lover dans la chaleur de la nostalgie. Alors par pitié, ne rajoutez pas du sarcasme à mon malheur.

Le jeune flic essuya une larme au coin de son œil droit.

Alexandra était lancée, elle continua :

- Alors oui ! Inspecteur Bourdin ! Oui ! J'avoue tout. Menottez-moi, emprisonnez-moi, décapitez-moi ! Ici ou ailleurs. Que m'importe ? Ma vie, morne et grise, m'entraîne vers ma mort. Maintenant ou plus tard ? Peu me chaut ! Écoutez ma confession, Inspecteur Bourdin. Je me mets à nu, là, devant vous, et je vous dis tout !

Les policiers, sans y être priés, s'assirent sur les chaises dont ils ignorèrent le paillage manquant.

- Il est vrai, qu'en quittant le gîte des Cabanel et les cendres de feu mon époux, je me suis sentie terriblement triste et seule. Alors, j'ai décidé de commettre l'insensé ! Oui, Inspecteur, je savais que je bravais la loi de ma copropriété, mais tant pis, je me suis lancée. J'ai acheté un lapin. Un lapin angora noir avec de grandes oreilles. C'est lui que mes voisins entendaient. C'était pour lui que j'ai acheté ce foin. Il était doux, il était câlin, il me faisait oublier, parfois, l'espace de quelques minutes, que j'étais si seule. Mais la pression sociale a été plus forte : la concierge, les voisins, le syndic ... Il y a quelques jours, je l'ai relâché au Safari-Parc de Peaugres. Je suis un peu inquiète pour lui car je l'ai vu se faufiler dans l'enclos des lions. Mais les lions sont bien nourris, si ça se trouve, ils n'en n'ont rien à faire d'un lapin qui court vite. En plus, y a plus de poils que de viande, sur ces bêtes-là. J'espère qu'il s'en sera sorti. Quant à moi, me voici à nouveau seule, dans cet appartement vide et calme. Je suppose d'ailleurs que les voisins, la concierge, ont dû vous confirmer que l'on n'entendait plus rien.

Bourdin interrogea son collègue du regard. Celui-ci confirma d'un hochement de tête. Les deux hommes se levèrent. Le plus jeune serra la main d'Alexandra et profita d'un instant où Bourdin regardait ailleurs pour lui tapoter l'épaule. L'Inspecteur, plus sec, voire carrément froid, se contenta de brèves paroles d'adieu.
- Madame Mercier. Vous ne m'avez convaincu qu'à moitié, et encore... À la moindre réclamation d'un de vos voisins, nous reviendrons avec un mandat et la police scientifique pour vérifier vos propos. Car toute comptable que vous êtes, vous n'êtes pas sans savoir que l'ADN de chèvre est très différent de l'ADN de lapin. Que je n'entende plus parler de vous Madame Mercier. Au revoir.
Par le balcon, Alexandra les guetta et les vit s'engouffrer dans une voiture banalisée. Elle se précipita vers le placard et déplaça le sac qui tomba pas terre. Elle agrippa ensuite une patte et tira un coup sec. La chèvre prit le même chemin que le sac. Elle commençait tout juste à émerger, le choc sur le sol la renvoya dans des limbes. Si bien qu'elle n'entendit pas Alexandra lui dire, en la berçant tendrement comme un bébé :
- Jean, je suis désolée. Il va revenir. Je le sais. Mais j'ai la solution...

20

Gigot de chevreau à la moutarde et au romarin

Ingrédients

- 1 kg de gigot de chevreau
- 4 grosses pommes de terre
- 2 oignons
- 2 gousses d'ail
- quelques noisettes de beurre
- 15 cl de lait

Pour la sauce :
- 100 g de beurre
- 3 cuillères à soupe de moutarde
- quelques brins de romarin
- sel, poivre

Recette

Préchauffer votre four à 180°C (thermostat 6).
Peler et émincer les pommes de terre, les oignons et les gousses d'ail.
Dans un plat beurré, disposer ces ingrédients, saler et poivrer. Les mouiller ensuite avec le lait et enfourner à four chaud pendant 30 min. Pendant ce temps, battre le beurre ramolli avec la moutarde, puis enduire le chevreau avec la moitié de cette préparation à l'aide d'un pinceau de cuisine. Le piquer ensuite de brindilles de romarin, puis le placer sur le lit de pommes de terre.
Enfourner à 210°C (thermostat 7). Au bout de 25 min, le sortir pour l'enduire du reste du mélange beurre/moutarde. Terminer la cuisson en laissant la viande encore 20 min au four.
Dégustez, c'est prêt !

Ça ne sentait pas très bon dans la baignoire vert olive. Même le désodorisant « prairie fleurie » ne parvenait pas à chasser les remugles de sang coagulé et de peau de bête en décomposition. La cuisine n'avait rien à envier à la salle de bains, quoique les os cuits, dont la poubelle débordait, sentissent moins mauvais, finalement, que la fourrure raidie dans la marre de sang. Alexandra savait qu'un long et fastidieux travail de nettoyage l'attendait. Mais après. Bientôt. Quand tout serait fini.

Elle atteignait son terme. Elle le sentait.

La douleur devenait difficilement supportable. Mais la délivrance approchait. Alors elle aurait tout le temps pour récurer la baignoire, lui redonner son lustre immaculé, briquer les faïences noires, les débarrasser des éclaboussures rouges. Elle sortirait les poubelles pleines de ces os qu'elle n'avait pas réussi à manger. Oh ! Elle avait essayé, mais, non, décidément, ce n'avait pas été possible. Mais, tout le reste y était passé, tout ! Alors elle se dit que ces fémurs, tibias et boîte crânienne abandonnés ne feraient pas une grande différence.
Elle était attentive à ne pas laisser un seul morceau. Elle écumait les sites de recettes et étendait ses recherches sur d'autres animaux. Nulle part, en effet, elle n'avait trouvé de recette pour cuisiner la cervelle de cabri, alors que le net regorgeait d'idée pour préparer la cervelle d'agneau. Une chèvre ou un mouton, la nuance était subtile. Elle ne s'était pas régalée, mais la sauce gribiche avait réussi à faire passer ce morceau qu'il était hors de question de négliger. Elle avait mis tout le sien dans la préparation du cœur qu'elle avait braisé avec des carottes. Pour les épaules, les gigots, c'était plus

simple. Un peu de moutarde, quelques feuilles de romarin. Et le tour est joué. Les autres morceaux s'étaient fondus dans des ragoûts ragoûtants. Pour faire les choses bien, elle était allée chercher la recette originale écossaise de haggis afin de ne pas rater la cuisson de l'estomac, partant toujours du même principe, que brebis ou chèvre, on n'y verrait que du feu. La farce lui avait permis de passer les rognons et autres bas morceaux.

Quatre jours qu'elle n'était pas sortie de sa cuisine, et qu'elle dévorait, du matin au soir, l'enveloppe corporelle de son Jean. Elle le faisait enfin sien. Jamais il n'avait pénétré son corps si profondément. Il était en elle, tout entier. Elle l'engloutissait, l'assimilait. Plus jamais il ne la quitterait. Alors, elle mangeait sans cesse, ne s'arrêtant que pour piquer du nez quelques heures sur la table, à côté de son assiette. Elle mangeait lentement, méthodiquement, pour ne rien oublier, ne rien gaspiller.

Et son estomac gonflait, durcissait, se distendait. Elle avait tellement mal. Dans tout son bas ventre, des spasmes lui arrachaient les entrailles. Elle se tint à la table pour ne pas basculer. Les larmes lui vinrent aux yeux.

Entre ses cuisses, elle sentit la tiédeur du liquide qui coulait. Quatre jours qu'elle n'avait pas quitté la cuisine, forcément... Une crampe la secoua, la plia en deux. Elle aurait voulu le garder en elle un peu plus longtemps encore. Mais quatre jours, quatre jours, c'était bien long. Elle arrivait à son terme. C'était inéluctable.

Sur la table, entre un plat à four vide et une casserole où se gélifiait un reste de sauce, trônait le pot. Le joli bocal, de ceux que l'on utilise pour faire des conserves maison, avec un couvercle ceint d'un caoutchouc étanche. Sauf que celui-ci était peint en vert, un vert de l'exacte teinte des yeux de Jean, avant, entre le Véronèse et le Sapin. Une belle peinture opaque mais brillante, sur laquelle elle avait dessiné, au marqueur, un joli cœur noir, avec deux initiales entrelacées : J&A.

La contraction suivante lui arracha un cri de douleur.

C'était le moment.

Rien de Jean ne lui échapperait plus.

Elle plaça le pot entre ses jambes, attendit la contraction suivante et poussa.

Poussa.

Poussa.

Poussa

Comme elle avait si souvent rêvé de pousser.

Pique, pique et colegram - 7 mai 1981

Vous connaissez tous cette sensation : on se réveille, parfois dans un lit inconnu, mais pas nécessairement, et pendant quelques secondes, on ne sait plus où l'on est.

Eh bien, voilà ! J'ouvre les yeux, et je ne reconnais rien autour de moi, je n'arrive même pas à bouger, je suis tout engourdi. J'ai sacrément mal au haut du dos, à la nuque, même. Satanées cervicales, il faudra que je me décide à consulter. Ils nous autorisent à voir un médecin extérieur quand on a trop mal. Il n'y a pas grand-chose à faire contre l'arthrose, mais peut-être qu'un spécialiste pourra me trouver un remède pour soulager la douleur. Je n'aime pas souffrir. Personne n'aime souffrir, me direz-vous, mais moi encore moins que les autres, ça je vous le garantis.

Parce que la douleur je la connais bien. Mais, la douleur, je ne l'aime que chez les autres. Et encore pas chez tout le monde. Pas mal de psychiatres se sont penchés sur mon cas, mais ils se chamaillaient, s'interrompaient, allaient même jusqu'à s'insulter. Ils ne sont jamais parvenus à se mettre d'accord. Les mots, tous plus compliqués les uns que les autres, avec plein de y et de h dedans fusaient, l'un me trouvait irresponsable, l'autre pas, le troisième à moitié. Il a fallu qu'un juge tranche et décide de m'envoyer en prison. Il a estimé, après trois procès et nombre de renvois, que ma place n'était pas en hôpital psychiatrique, mais bien derrière les barreaux. Trop de victimes, trop de plaisir. Je ne l'ai pas contredit. Combien déjà ? Douze. Oui, douze femmes, toutes blondes, toutes infirmières. La treizième s'en est sortie, une erreur... Au bout de douze tortures, douze mises à mort, on se laisse aller, on se croit intouchable, et un moment d'inattention, un lien mal serré … l'oiseau s'envole. Bon j'en ai bien profité, tout de même, des douze premières. C'est assez facile à capturer une infirmière : ça travaille la nuit, ça se retrouve seule sur un parking d'hôpital aux heures où les braves gens dorment, pas de visiteurs, pas de personnel. Je suis bien placé pour le savoir. Ma mère était infirmière. Ils en ont fait des gorges chaudes les psys, les juges, les profilers, du métier de ma mère. Le cas devenait presque trop simple. Si c'était si simple, pourquoi ne m'ont-ils attrapé qu'après douze victimes ? Parce que je suis plus malin que vous, votre Honneur ! Voilà ! Et parce que le plaisir dans la douleur de ces femmes me rendaient encore plus malin que malin ! Je les ai regardées pleurer, enfermées dans la cave de mon pavillon de banlieue, se flétrir, dépérir, nourries d'à peine un quignon de pain par jour et d'un verre d'eau tiède. Et puis, quand elles étaient si faibles qu'elles ne pouvaient qu'à peine réagir, je les ai piquées. Partout. D'abord avec des aiguilles fichées sur une seringue vide, puis avec du plus gros, j'aimais bien varier (c'est un gros mensonge d'écrivain de polars : oui les serial killers ont des rituels, mais non, il est faux de croire qu'ils n'en varient pas). Alors je variais, selon la peau, son grain, sa couleur, selon les cris que la femme poussait, selon l'endroit aussi (on ne pique pas de la même façon et avec le même outil l'intérieur d'une cuisse ou le gras d'un sein) et puis parfois, sans raison particulière, juste pour le plaisir de piquer avec quelque chose de nouveau. Bien sûr, il y avait des incontournables : tournevis, clous de charpentier, foret de perceuse, couteau et fourchette … Mais il m'est arrivé de me tourner vers des instruments plus exotiques, comme une alêne de cordonnier, une banderille de corrida trouvée sur une brocante à Nîmes, une arête d'espadon, une agrafeuse murale (mais je ne l'ai utilisée qu'une fois, les trous n'étaient pas assez profonds), des épingles à cheveux volées chez le coiffeur... Pourvu que ça pique et troue, et surtout que ça fasse crier, hurler, pleurer, geindre... Tout m'allait. Le pauvre ! Il n'y est pour rien, vociférait le psychiatre le plus virulent. Pensez-donc, tous les soirs, pour faire taire ses pleurs, sa mère le piquait et lui administrait des doses de calmants à assommer un bœuf ! Ça vous marque un enfant ça, Monsieur le Président ! Mon avocat a opiné vigoureusement du chef. Mais quand le juge m'a demandé pourquoi je faisais cela, espérant une quelconque repentance, je l'ai regardé droit dans les yeux et je lui ai dit la vérité. Parce que ça me fait bander, votre Honneur, de piquer des infirmières, et dès que je sortirai d'ici, si je le peux, je recommencerai.

C'est sans doute pour cela que je me suis retrouvé en prison.

Mais cela ne me dit pas, où je suis, là, maintenant.

La pièce est grise et nue, pour ce que j'en vois, car pour l'instant, seul le plafond est visible d'où je suis. Il y a un drôle de merle qui volette au-dessus de moi. En roulant les yeux, je parviens à apercevoir les murs : un simple crépi sur des parpaings dont on devine encore la silhouette, par transparence. Je dois être couché à même le sol, car ces murs semblent très hauts. Au plafond, deux néons crépitent, s'éteignent pour se rallumer, mais jamais les deux en même temps. Leur lumière crue et blafarde me vrille les yeux. Je voudrais tourner la tête pour y échapper, mais je suis incapable du moindre mouvement. Je commence à paniquer. Cela recommencerait-il ? Les drogues, les calmants, les produits injectés pour m'empêcher de bouger, de parler ? L'histoire de ma vie ... Je suis passée des aiguilles de maman à celles du médecin au pénitencier. Toujours le même objectif. Me faire taire. Me museler. Me bâillonner. Mais personne ne me fera taire.

Jusqu'au bout je crierai ma haine.

Cette lumière me tue. Je ferme les yeux. Ça va mieux. J'ai envie de dormir, de me laisser partir. Mais non ! C'est ce qu'ils veulent tous, ces crevures, que je dorme et que je cesse de leur cracher au visage le fiel de ma rancœur. Alors j'ouvre à nouveau les yeux. Tant pis pour cette maudite lumière. J'ai connu pire comme supplice.

Une porte qui claque dans un bruit métallique. Des pas qui se rapprochent. Plusieurs personnes. Deux au moins peut-être trois. L'ombre d'un homme passe sur mon visage, masquant furtivement la lueur aveuglante. Je tourne les yeux vers la personne qui s'agenouille vers moi. Je ne connais pas cet homme, et pourtant, une angoissante sensation de déjà-vu me serre la gorge. Je sais au plus profond de moi qu'il faut que je fuie. Je suis submergé par une peur panique. Cet homme me veut du mal. Je dois lui échapper à tout prix. Mais pourquoi mes jambes, mes bras, mon corps ne répondent plus ? Je dois crier, appeler à l'aide. Ma bouche s'entrouvre, mais aucun son intelligible n'en sort. Un simple gargouillis pâteux. Que m'ont-ils donné pour me paralyser à ce point ? Même les mixtures de ma mère ne produisaient pas cet effet comateux : je dormais, sombrais dans l'inconscience, mais lorsque j'en émergeais, la torpeur qui m'enveloppait ne ressemblait en rien à cette paralysie. D'autres pas et une autre forme qui se courbe vers moi. Et soudain, j'ai envie de rire, sourire.

Mon avocat. Ce vieux roublard de Maître Verdon ! Dieu seul sait à quel point j'ai pu le détester. Et il me l'a bien rendu au long de ces longues années de procédures ! Un pauvre raté commis d'office qui a vu dans la défense d'un pauvre tueur en série super-médiatisé l'occasion de redorer sa carrière de minable avocaillon de banlieue dont la plus grosse affaire devait être un vol à la tire. Si je suis là aujourd'hui, c'est certes ma faute, mais il faut bien reconnaître qu'il n'a pas fait grand-chose pour que la balance penche de l'autre côté. Qu'on l'admire à la télé régulièrement suffisait à son bonheur. Pourtant, aujourd'hui, qu'est-ce-que je suis content de le voir ! Une tête connue, antipathique certes, mais connue. Si je suis gentil avec lui, il va sans doute me sortir de là, protester auprès de l'administration pénitentiaire qui a abusé de substances chimiques à mon égard. Il s'en fout de moi. Mais il aime bien râler, en se donnant des grands airs et en faisant des effets de manche, même quand il n'est pas en robe. Il a l'impression de faire partie des grands, lui qui est si petit, ce pauvre Verdon.

Toujours rien à faire au niveau du cou, alors je tourne les yeux vers lui ; au prix d'un effort considérable, je réussis à écarter mes lèvres à nouveau, je sens leur commissure se plisser dans l'ébauche d'un sourire. Il se fige et toute couleur quitte son visage. Il ne m'aurait pas reconnu, l'abruti ? Pour créer le lien, j'accentue le sourire et lui balance un clin d'œil amical.

Amusant comme ça peut faire comme bruit un petit homme insignifiant quand ça tombe dans les pommes. Il s'écroule dans un grand fracas et le voilà couché à mes côtés. Nous sommes donc par terre ? Je le secouerais bien un peu pour le faire revenir à lui, cet abruti, mais la paralysie persiste. Combien de temps encore ?

Une voix, au loin, vers la porte vraisemblablement.

- Qu'est-ce-qu'il se passe encore ici ?

- Comme d'hab, vieux ! Un avocat qui a voulu jouer les héros et qui n'a pas supporté. Allez, viens m'aider. Ramasse-moi ça. C'est ton tour.

Ils vont relever Verdon, le réveiller et il pourra m'aider.

Mais non, c'est de mon côté que le troisième homme s'approche. Qu'ils me ramènent dans ma cellule. J'en ai marre. Je veux juste dormir. Une bonne nuit de sommeil, et demain il n'y paraîtra plus. Aucun produit aussi puissant soit-il ne peut avoir des effets si longs dans le temps, n'est-ce-pas ?

Il me soulève. Je me sens léger comme une plume. Enfin, je ne suis plus au sol. Il me tient par les cheveux. Mes yeux sont dans ses yeux. Dans son regard, je lis une espèce de curiosité teintée de lassitude.

Il se tourne vers son collègue.

- Ben dis-donc, il tient le coup, celui-là. Ça fait quoi ? Dix ? Quinze secondes ? Oh ! Samson ! Je te cause !

- Oui, à peu près, j'ai pas compté. Je vais ramasser ce con d'avocat. Combien de fois il faudra leur dire à ces mecs des bureaux que ça vient pas tout de suite et que …

L'homme qui me tient se tourne et me tourne en même temps.

Devant moi, se dresse une structure de fer.

Et soudain je me souviens.

- … Parfois, la tête reste …

La guillotine !

- vivante plusieurs secondes après la décapitation.

Un cri silencieux rebondit sur les murs de la pièce grise et froide.

Mais alors, je suis … ?

Le 10 Mai 1981, le président Mitterand est élu à la tête (jeu de mots) de la République Française. Lors de la constitution de son gouvernement, le premier ministre choisit Maître Badinter comme Garde des Sceaux. Celui-ci fera abolir la peine de mort quelques mois plus tard.

Il a été observé que les condamnés exécutés par décapitation donnaient des signes de vie jusqu'à 7 secondes après la chute du couperet. Certains prétendent que ce ne sont que des mouvements réflexes. Mais qu'en savent-ils ? Quoi qu'il en soit, 7 secondes, c'est long quand on est mort mais pas tout à fait. On a le temps de cogiter ... Dans le doute, merci Maître Badinter.

La Greffe – Mars 2016

Lundi 21 mars, Anduze, Gard, 0 h 15

Lorsque même les rêves sont vides d'espoir, asséchés et ridés comme un désert brûlant et craquelé, il est peut-être temps de partir. Définitivement. Pour toujours. Or dans les rêves de Delphine, il n'y avait plus d'espoir depuis bien longtemps. Chaque nuit, elle entendait la sirène, stridente comme le sont les sirènes dans les rêves, cette sirène que les pompiers font retentir les premiers mercredis du mois. Sauf qu'elle l'entendait toutes les nuits, du lundi au dimanche, un appel urgent : fuir, pour échapper aux flammes galopantes, aux rivières débordantes. Courir avant que le feu gagne, avant que l'eau monte. Courir pour ne pas mourir. Mais Delphine ne pouvait plus courir. Si elle courait, elle mourait. Si elle restait, elle mourait. Il n'y avait plus d'espoir de survie. Même dans ses rêves. Parfois elle décidait de courir, parce qu'il fallait bien prendre une décision, et lorsque son cœur malade et malmené finissait par exploser comme une grenade dégoupillée, elle se réveillait en sursaut, assourdie par les battements désordonnés au creux de sa poitrine, à peine plus vivante ici que là-bas. Si elle se sentait vraiment trop épuisée à l'idée même de fuir, elle s'abandonnait, dans un cri, aux flammes, se laissait emporter par la vague et sombrait dans l'oubli, dans l'abandon, libérée enfin des hurlements de la sirène qui finissait par se taire. Dans son lit, sec et froid, le silence la glaçait. Sur le marbre noir de la table de nuit, le bip gisait, sombre, presque menaçant. Il ne sonnait jamais. Noir sur noir. Il n'y avait plus d'espoir.
L'eau montait cette nuit-là. Elle se laissa engloutir. Son corps s'alourdit ballotté par la vague, heurté contre les rochers. Et la

sirène hurlait. L'eau s'infiltrait partout, sa bouche, son nez, ses oreilles. Mais la sirène hurlait toujours. Le froid la saisit, paralysa ses bras, ses jambes. Et la sirène hurlait encore.

Delphine ouvrit les yeux dans un sursaut. Son cœur s'emballait. Un jour, ou une nuit plutôt, ce sont ses rêves qui la tueraient. Elle mourrait dans son sommeil, elle ne survivrait pas à la peur, à la douleur et à la rage. Ses rêves vides d'espoir l'assassineraient. Elle tenta de reprendre son souffle, de retrouver un rythme cardiaque plus lent. Inspirer, expirer, profondément, lentement. La sirène s'était échappée de son rêve et continuait sa lancinante litanie.

Bip … Bip … Bip …

Tais-toi !

Bip...

Delphine mit ses mains en coque sur ses oreilles.

Bip... Bip... Bip...

Par les volets entrouverts, un rayon de lune vint frapper l'écran du petit boîtier noir. Il ricocha comme un galet sur les eaux dorées du Gardon et se planta dans l'œil hagard de Delphine. Son cœur manqua un battement. Elle tendit la main vers la table de nuit. Elle ne parvenait pas à se saisir de l'objet. Quelque part, dans la maison, au fond de son sac, sans doute, un téléphone sonna, prenant le relais, insistant, impatient. Son cœur manqua deux battements consécutifs. Elle saisit le boîtier de ses doigts tremblants. Là-bas, dans son sac, le téléphone s'était tu. Elle réussit à allumer sa lampe de chevet et approcha le bip de son visage. Le message défilait. « Préparez-vous, l'ambulance du service de coordination est en route et sera là vers 00h30. C'est pour cette nuit ». Le rédacteur s'était même payé le luxe d'un smiley.

:)

100

Alors son cœur s'arrêta. Trois. Quatre fois. C'en était trop pour lui. Il était vraiment temps d'en changer.

- Allez Dylan ! On décolle, t'es prêt ?
- Moi c'est Kevin, pas Dylan.
- Ah oui, c'est vrai ! Mais c'est pareil, un prénom à la con ! Bientôt, y aura plus de Pierre, de Paul, de Jacques. Vous vous appellerez tous Steve ou Killian. Et encore ! Y a pas loin avant qu'on ait plus que des Mohamed ou des Mustapha.
À l'arrière de l'hélicoptère, froide, glaciale, même, une voix s'éleva :
- Et Carmen ? Vous en pensez quoi ? Parce que moi, c'est Carmen, mon nom. C'est acceptable, Carmen ?
Dans un bruit de rotor, en tanguant un peu dans le mistral, qui cette nuit-là ne s'était pas calmé, l'appareil décolla. Pierrot, le pilote, attendit qu'il se stabilise, avant de répondre :
- Oh ça va ! Ne prenez pas la mouche madame Carmen ! C'est juste qu'on est un peu trop envahi dans ce pays. J'ai fait l'Irak, j'ai fait l'Afghanistan, j'étais dans les commandos marine, moi ! Alors je sais de quoi je parle. Si on ne les arrête pas ces gens-là, ils vont tous nous faire sauter. Et les Amerloques, ils se croient les plus forts ! C'est pas pour dire, mais c'est de l'esbroufe. J'en ai vu des Kevin, des Steven, des Dylan qui se la pétaient derrière un manche, mais sérieux, Madame Carmen, y en a pas un qui arrivait à la cheville de votre Pierrot ici présent. L'as des as de l'hélico, c'est moi ! Si on m'avait permis de faire quelques années de plus, plutôt que de me mettre au rencart, je te dis pas comme j'aurais continué à en dégommer de la racaille, et sans l'aide des Ricains ! Au lieu de ça, deux ans que je fais le pingouin à transporter des morceaux de bidoche d'un coin de la France à un autre. Et aujourd'hui, en plus, on me colle la formation d'un bleu, comme si j'avais que ça à faire.
Kevin ne broncha pas. C'était la deuxième fois qu'il volait avec

Pierrot La Grande Gueule, et il avait vite compris que répliquer ne servait à rien. Bien au contraire, le vieux pilote se délectait des contradictions et en profitait pour asséner ses propres vérités avec toute la mauvaise foi dont il était capable, le verbe haut, la syntaxe basse, la voix grasse de certitudes.

L'héliport de l'hôpital de Valence rapetissait, l'engin prenait de l'altitude.

Accrochée à la glacière contenant le « morceau de bidoche », Carmen était verte de rage.

En fait, Carmen était verte de rage depuis son enfance. Plus précisément depuis que son père, un matin de printemps, était venu la chercher à l'école, en larmes, et qu'il l'avait prise dans ses bras. Il n'avait pas réussi à trouver les mots qu'il fallait. Mais dans ces cas-là, existent-ils seulement, ces mots-là ? Il lui avait annoncé que sa mère était morte. Comme ça. Sans préambule. Sans périphrase. Sans précaution. Et puis comme cela ne suffisait pas, dans un hoquet, il s'était cru obligé de préciser : « On l'a tuée ! On a tué ma Victoria. Madre de Dios ! ». Ce qu'il ignorait, c'est que lui, ce jour-là, il venait de tuer un peu sa Carmen. Savoir que sa mère a été trucidée, au petit matin en quittant sa garde d'infirmière, lardée de coup de tournevis par un tueur psychopathe, ça n'aide pas une enfant à grandir sereinement. Embrasser à son tour une carrière d'infirmière n'avait pas été un choix, mais une évidence, pour Carmen, la seule manière pour elle de faire revivre une once de celle qui lui avait tant manqué, toute son enfance. Carmen couvait sa rage, de peur qu'elle s'éteigne, car ce feu précieux en elle lui permettait d'accomplir sa mission. Elle tenait debout, grâce à cette colère qui grondait, grâce à cette flamme qui se ranimait vaillamment que souffle la moindre brise d'inquiétude ou la plus violente rafale de dégoût.

Elle rapprocha le caisson isotherme et posa délicatement ses

104

mains sur le couvercle. Elle allait attaquer. Elle savait à quel point c'était inutile, vain et même carrément ridicule. Elle ne connaissait pas ce pilote, car même si en tant qu'infirmière de l'équipe 1 du service de transplantation, chargée du convoyage des greffons, elle avait de nombreuses fois volé à bord des hélicoptères de la compagnie TransGref, c'était la première fois que cet homme était aux commandes. Mais elle avait vite perçu le personnage : arrogant, raciste, brailleur, égocentrique, ne souffrant aucune contradiction. L'intelligence aurait voulu qu'elle bouchât ses oreilles et qu'elle ignorât ses diatribes nauséabondes, mais ses tripes n'avaient pas supporté que l'on traitât de morceau de bidoche cette vie qui battait au ralenti, enveloppé au frais au fond de son caisson, cette vie arrachée à un être humain, prête à battre à nouveau avec force et vigueur dans le corps épuisé d'un autre être humain.

Un homme ou une femme était mort. Un homme ou une femme allait mourir. Ce morceau de bidoche était le miracle qui ferait que pour une fois, la vie vaincrait, ferait reculer la mort, l'acculerait dans ses retranchements, la forcerait à patienter, à attendre son heure. Un homme ou une femme était mort. Une femme renaîtrait.

- Vous n'avez pas le droit ! Pas le droit de parler de morceau de bidoche ! C'est un cœur qui bat dans ce caisson. Grâce à ce cœur, une femme ne va pas mourir. Vous êtes ignoble. Vous parlez de tuer, vous vous rengorgez de vos missions en Irak ou je ne sais où. Mais qu'avez-vous fait pour la vie ? Vous n'avez fait que donner la mort. Aujourd'hui, au moins, vous œuvrez pour la vie, même si piloter un hélicoptère entre Valence et Montpellier semble moins glorieux que vos exploits en Afghanistan, vous faites quelque chose de bien. Il y a un homme ou une femme qui est mort, qui a donné son cœur. Un cœur qui bat encore et qu'il faudra transplanter dans les heures qui viennent. Alors un peu de respect. Du respect pour celui ou celle qui est mort. Du respect pour celle qui va mourir si elle ne reçoit pas ce corps. Du respect pour la vie, Monsieur ! Vous ne savez pas ce que c'est que la mort !

C'était ampoulé, pompeux. Elle s'entendait parler, Carmen, et elle se savait grotesque. Un coup d'épée dans l'eau, de la confiture à un cochon, plutôt. Mais Kevin, le jeune pilote, se retourna et lui sourit. C'était un sourire vaguement gêné, pas tout à fait franc, mais un sourire quand même, qui se voulait réconfortant. Elle se dit que lui, au moins, lorsqu'il serait pilote confirmé, il verrait combien étaient précieux, ces cœurs, ces reins, ces cornées, ces lambeaux de peau, ces morceaux de foie, ces fragments d'os qu'il transporterait à son bord. Elle se le dit, car il fallait bien croire en la bonté humaine, si l'on voulait vivre un peu avant de mourir. Et puis, ce gosse, ce gosse...

Pierrot haussa les épaules. Il lâcha le manche pour lever les bras au ciel et l'hélico gîta brutalement. Il reprit les commandes et se tourna vers l'infirmière. L'appareil piqua du nez.

Les mots débordaient. Carmen s'y était attendue.

La mort ? Ah ! Parlons-en de la mort ! Personne mieux que lui ne savait qui elle était. Une vieille connaissance. Une compagne de route. Sa meilleure ennemie. Tous les jours, il l'avait frôlée. Il avait même été blessé. Il avait failli en crever. Une mine un jour en Irak. Un mollet presque arraché. Tiens je vous montre. Petit, prends les commandes. Je lui montre ma quille à la dame. L'hélicoptère qui s'abîme dans le désert. Tous morts, là-dedans. Pas lui. Deux semaines de coma. Sorti frais comme un gardon. Les balles qui sifflent. Les autres qui tombent. Mais lui, il pilote toujours. Il sort sa machine de là. Y a des survivants. Grâce à lui ils vont pas crever, on va les soigner. La mort, il la connaît bien. Va ! La mort, il ne la respecte pas. La mort, il lui fait un grand bras d'honneur. La mort, il a été toujours plus fort. Il faut être plus fort qu'elle. C'est quand on est faible qu'elle gagne. Quand on est un battant, elle a peur, la mort, elle vous laisse tranquille. La mort, c'est la maladie des faibles. On ne meurt pas quand on est fort. On meurt quand on est fatigué de vivre. Ce morceau de bidoche dans sa glacière, c'est pas normal. On est mort ou on ne l'est pas. Pour lui, c'est tout vu, on l'enterrera avec tout, pas question qu'on le découpe avant. De toute façon, c'est pas pour tout de suite. On va pas se laisser emmerder par la mort quand on est dans la force de l'âge. Et cette femme qui attend, qui dit qu'elle va pas crever pendant l'opération ? Si elle a pas eu la force de vivre avec son propre cœur, qui dit qu'elle va réussir à vivre avec celui d'un autre ? Hein ? Non sérieux, piloter cet hélicoptère, c'est du pipi de chat. Mais y a que TransGref qui a voulu de lui. Tous ces autres enculés trouvent qu'il est trop vieux ! Trop vieux ! Soixante ans ! Il peut leur en faire voir à tous ces jeunes. Hein Kevin ? C'est pour pas crever, justement, qu'il pilote toujours. Il est pas bon pour la casse. Il va leur faire voir. Alors transporter un morceau de bidoche ou des touristes en mal d'émotion, il s'en fout. Tant qu'il vole, il est le plus fort. Et tant qu'il est le plus fort, il ne peut rien lui arriver. Alors faudrait voir à arrêter de le bassiner avec des grands discours sur la vie, la mort, le respect et tout le tralala.

Carmen n'écoutait plus. Sa colère était retombée. Pendant la logorrhée verbale du pilote, une nouvelle fois, Kevin s'était retourné. Il avait le même sourire que Guillaume, son fils, un sourire un peu froid et terne, au premier abord, mais où l'on trouvait, si l'on faisait l'effort de chercher, des éclats d'amour aussi brillants que des pépites d'or, lorsqu'on a gratté la terre. Parfois on y laissait ses ongles, à force de gratter. Alors, Carmen, sourde aux fanfaronnades, laissa couler ses larmes. Elles tombèrent sur le caisson, glissèrent le long des parois.

Elle protégerait ce cœur-là, l'accompagnerait jusqu'au bout de son voyage. Elle l'avait réceptionné avec tendresse aux portes d'un bloc opératoire et elle ne l'abandonnerait qu'aux portes d'un autre bloc. Elle glisserait un œil sur la table à la femme endormie. Elle partirait en paix. Le cœur battrait dans le corps de cette femme. Elle le savait, elle en était certaine.

Tout comme le cœur de Guillaume battait quelque part dans le corps d'un autre.

Dimanche 20 mars, quelque part en Ardèche, 22 h 00

Il fallait se rendre à l'évidence. Tout cela n'avait servi à rien. Elle était face à un vide terrible, à un froid glacial qui l'enveloppait nuit et jour et que rien, ni vêtement de laine, ni couette moelleuse, ni feu crépitant dans la cheminée ne parvenaient à éloigner. Elle grelottait du soir au matin, du matin au soir. Tant d'efforts, tant de subterfuges et tout ça pour rien. En dernier recours, même le déménagement lui avait paru comme une vaine solution. Mais elle avait tenté le coup, laissant tout derrière elle dans l'appartement, les meubles, les bibelots, les vases, la vaisselle ... Tout. Elle ne supportait plus de se réveiller et de s'endormir dans une chambre saccagée, de regarder la télé de ses yeux vides, dans un salon dévasté. Elle s'était réfugié au deuxième et dernier étage de cette misérable petite maison de village pour se rapprocher de ses phantasmes. C'était le plus près qu'elle ait pu trouver du beau pré tout vert et de son chêne planté au milieu. La réalité eut vite raison de ses faibles illusions. La magie n'opérait plus : même ses visites sur place (nocturnes pour la plupart, les soirs de pleine lune, car elle s'était fait chasser à grands coups de fourches lors de sa dernière visite diurne) ne la faisaient plus vibrer. Il n'y avait personne, plus personne ici-bas.

Elle laissa un mot. Dans les films et dans les livres, on laissait toujours un mot. Mais dans les films et les livres, l'héroïne a toujours un ami, une sœur, une mère à qui écrire. Il y a bien longtemps qu'elle n'avait plus personne. À qui pourrait-elle bien adresser le mot, histoire d'avoir quelque chose à dire ? Elle se gratta la tête quelques secondes devant la feuille blanche. Elle remplit le stylo à pompe d'encre violette, cela lui sembla parfaitement romantique et adapté à la situation, griffonna quelques phrases de sa plus belle écriture, se leva, ouvrit la fenêtre et se jeta dans le vide, la tête la première.

En tombant, elle eut un doute horrible. Deux étages, ce n'était pas très haut. Est-ce que cela suffirait ?

Le SAMU, appelé par une vieille voisine insomniaque, la récupéra un quart d'heure plus tard, inconsciente. Mais son cœur battait toujours. Dans l'appartement, les infirmiers trouvèrent le mot. Ils redescendirent en courant et s'engouffrèrent dans l'ambulance. Toute sirène hurlante, elle fila vers l'hôpital de Valence. L'urgentiste qui les reçut procéda à un électroencéphalogramme qui se révéla désespérément plat. Il relut une fois encore le message que lui avait remis l'infirmier : **« Je m'en vais rejoindre mon Jean au seul endroit où je suis sûre de le retrouver. N'avertissez personne, il n'y a personne à avertir. Alexandra. »**

Le médecin sourit. Pas de famille : du pain béni ! Et pas de consigne particulière. Pas d'inscription sur le registre national des refus de don d'organes. Il fallait agir vite. Alexandra avait eu raison de douter : derrière ce masque de cire, battait la vie. Intacte. Car il est vrai que deux étages, ce n'est pas bien haut. Mais suffisamment haut quand même.

Lundi 21 mars, Anduze (Gard), 0 h 30

La valise était prête. Un an déjà que Delphine y avait
soigneusement plié T-shirts, sous-vêtements, une paire de
chaussons ainsi qu'un jean et un pull pour la sortie. Une brosse
à dents neuve, encore dans son emballage, prenait presque
toute la place dans la petite trousse de toilette à rayures. Elle
avait pourtant réussi à y fourrer un tube de dentifrice et un petit
pot de crème hydratante. Il avait fallu forcer un peu pour y
caser sa brosse à cheveux. Les flacons de gel douche et de
shampoing avaient trouvé place au fond de la valise, chacun
sagement couché dans un chausson.

Chaque premier du mois, elle l'ouvrait et la laissait respirer sur
le lit toute la journée, cette valise. Elle ne s'imaginait pas sur
ses draps d'hôpital aseptisés sentant le moisi ou le renfermé.
Vivre comme une vieille, oui, sentir le vieux, non. Et le soir,
elle la refermait en tassant un peu les vêtements et la rangeait
en bas de son armoire, là où il serait si facile de l'attraper pour
courir vers son destin. Elle se souvenait qu'elle avait pleuré, le
1er mars, la dernière fois où elle l'avait rangée, intacte, propre,
triste.

Cette valise sédentaire la remplissait de nostalgie. Elle aurait
dû voyager cette valise, au lieu de cela, elle s'encroûtait, neuve
et déjà presque vieille. Mais il y avait quelque chose de plus
qui lui serrait le cœur, son cœur si gros qui refusait qu'on le
serre, pourtant. Elle savait que dans des milliers de valises
identiques, peut-être un peu plus grandes, des brassières en
coton et des pyjamas en pilou côtoyaient des soutiens-gorge
d'allaitement et des t-shirts démesurés. Elle voyait des femmes
rondes aux seins lourds, aux yeux brillant d'anticipation
caresser le linge, au fur et à mesure qu'elles le rangeaient, de
leurs mains si douces, prêtes à donner tant d'amour.

Elle n'avait pas connu cette joie, son cœur le lui avait interdit. C'est trop fatiguant, un enfant : les nuits trop courtes, les jours trop longs les angoisses, les peurs et puis une overdose d'amour.

Un enfant l'aurait tuée.

De toute façon, il aurait fallu chercher et trouver un père. S'émouvoir, palpiter, embrasser, espérer, caresser, ne plus s'embrasser, pleurer, attendre, s'embrasser et rire à nouveau, redouter l'absence, endurer la présence, se rouler dans un lit, se noyer dans les larmes. Non, décidément, l'amour, c'est bien trop fatiguant.

L'amour l'aurait tuée.

Elle ferma la porte de son appartement, descendit les escaliers et sortit. Elle était en avance. Elle attendit. La valise posée à ses pieds, Delphine se demanda si ce cœur qu'elle allait accueillir, ce cœur dont elle ne saurait jamais à qui il avait été arraché, si ce cœur saurait aimer. Delphine avait tellement envie d'aimer. Aimer à la folie.

Elle rajusta la bandoulière de son sac à main sur son épaule. De la poche extérieure, la tête de Marou dépassait. Elle sortit la petite peluche et la frotta contre sa joue. Marou, le doudou de son enfance, ne la quittait jamais. Il l'avait accompagnée lors de tous ses séjours à l'hôpital, en maison de repos. Il lui sembla l'entendre ronronner. Elle aurait tant voulu adopter un vrai chat qui se serait lové contre elle, sur son oreiller, le soir. Elle se serait réveillée au doux son de ses miaulements. Elle se serait apaisée, ces fins d'après-midi qui voient le soleil décliner et les angoisses monter en enfouissant ses mains dans la chaleur soyeuse de sa fourrure. Mais que serait devenu un vrai chat, « après » ? Marou, elle l'emporterait avec elle. Elle avait laissé des instructions écrites très claires à ce sujet, dans le testament plié au fond de son porte-feuilles. Mais maintenant, peut-être qu'elle pourrait enfin avoir son chat, un joli chat tout blanc avec des poils longs. Delphine, en soupirant, se demanda si le cœur qui allait devenir le sien aimait les animaux.

Au bout de la rue, la lueur bleue du gyrophare de l'ambulance éclaira les façades endormies. Pas de sirène : inutile à cette heure tardive dans ces rues désertes. Silencieusement la voiture avança. Un jeune homme sortit, se saisit de la valise et tint la portière ouverte. Il souriait. Son sourire illumina la rue, plus encore que la froide lumière bleutée. C'était un sourire multicolore. Delphine baissa la tête : elle avait perdu l'habitude de recevoir autre chose que des regards gênés, où la pitié faisait la part belle à l'indifférence. Ce n'est pas facile de regarder la mort en face. Dans les yeux verts du jeune-homme, Delphine vit un feu d'artifice de joie, d'espoir et d'amour.

Alors oui, Delphine préféra baisser la tête en se glissant dans l'ambulance. Il fallait que son cœur tienne encore une heure.

Juste une heure.

Lundi 21 mars, au-dessus d'Anduze (Gard), 1 h 00

Le vent s'était calmé lorsque le petit hélicoptère avait quitté la vallée du Rhône pour bifurquer vers Montpellier en survolant les Cévennes. À l'intérieur, après l'altercation acide entre le pilote et l'infirmière, le silence était revenu. Avec l'habitude, on n'entendait même plus le bruit du rotor. L'oiseau de fer fendait l'obscurité. Carmen, les mains posées sur le caisson, le front appuyé contre la vitre froide de la portière, se perdait dans la nuit. La nuit était son univers. À croire que l'on mourait surtout la nuit. La mort avait-elle si honte d'affronter le regard de ceux qu'elle frappait qu'il lui fallait se faufiler dans l'ombre avant d'asséner son dernier coup triomphant ? Non, Carmen ne pensait pas que la mort pût avoir honte. Lorsqu'on a honte, on arrête de poignarder de jeunes mères de famille sur un parking d'hôpital, on s'abstient de renverser un gosse de vingt ans qui étrenne sa nouvelle moto et qui finit sous un camion. Si on a honte, on refuse même de trancher des têtes au nom de la société. La mort n'avait pas honte, c'est juste, peut-être, que la nuit, on baisse sa garde, on est fatigué de se méfier, de regarder à droite, de regarder à gauche, de se retourner brutalement au moindre souffle sur la nuque. Les paupières sont lourdes, les yeux se ferment, la vigilance baisse, on se croit en sécurité, au chaud dans son lit, attaché dans sa voiture, le casque parfaitement ajusté sur sa moto. Quelle erreur, on n'est jamais en sécurité. Jamais. Elle gagne toujours.

Mais parfois, le coup porté dérape. Il arrive qu'elle trébuche aussi, la mort, qu'elle parte en ricanant, sûre de son fait, certaine de son inéluctable victoire. Et c'est là que Carmen avait décidé d'intervenir. Elle avait longtemps cru qu'en accompagnant les patients en fin de vie dans ce service d'oncologie où elle a travaillé de nombreuses années, elle faisait un pied de nez à l'ignoble Camarde qui s'y repaissait. Elle s'était fourvoyée. Guillaume lui avait montré le chemin, il y avait dix ans déjà. Le bras de fer avec la mort, c'est en prélevant des restes de vie, en permettant qu'ils soient transférés d'un corps mourant à un autre corps mourant, qu'elle le gagnait tous les jours. Si elle ne savait pas toujours l'identité du donneur, elle pouvait connaître celle du receveur. Elle s'était constitué un fichier : nom, hôpital, organe, date de transplantation, bien sûr et sur la dernière colonne qu'elle remplissait trois mois plus tard après avoir passé un coup de fil au service, elle notait « 1 » ou « 0 ». « 1 » lorsqu'elle avait gagné, que le patient, trois mois après son opération était toujours en vie, et « 0 » dans le cas contraire. Tant que le nombre de « 1 » surpasserait le nombre de « 0 », elle continuerait. Pour l'instant, elle gagnait, mais de peu : les « 1 » dépassaient les « 0 » mas ces derniers avaient eu une fâcheuse tendance à remonter. Il fallait absolument que cette mission soit une réussite car la tendance risquait de s'inverser. Encore un « 0 » et il y aurait égalité. La porte ouverte vers la défaite ! Et cela c'était inacceptable. Car Carmen détestait perdre.

À l'avant, Kevin s'ennuyait ferme, car la prétendue formation de Pierrot se résumait à quelques remarques sans grand intérêt pédagogique ; il dévissa le capuchon d'un thermos. Il se tourna vers Carmen.
- Un café ?
Elle lui sourit :
- Volontiers, merci.
Pierrot grommela :
- Et moi, je sens le pâté ?
Kevin remplit trois gobelets en plastique. Il servit Carmen en premier et renversa un peu de liquide chaud sur le pantalon de

son aîné en lui tendant son verre. La bordée de jurons et les gestes frénétiques pour tenter de diluer la tâche donnèrent une inclinaison inquiétante à l'hélicoptère mais réussirent à arracher un petit rire à Carmen. La gorgée de café la requinqua encore un peu plus. Le silence lui pesait. Quand elle n'était pas malheureuse, Carmen était une bonne vivante, qui aimait bien parler, manger, boire et rire avec ses amis. Le problème, c'est qu'elle était souvent malheureuse. Mais là, brusquement, une bouffée d'optimiste la submergea. Elle sentait presque le cœur battre à travers la paroi du caisson. Et puis ce gosse lui plaisait. Ils allaient gagner ce point ensemble.

- Vous avez quel âge Kevin ?

Il pivota, surpris. Il hésita, ce n'était visiblement pas un bavard. Offrir un café, pourquoi pas, rentrer dans une conversation anodine pour passer le temps, Carmen vit bien que ce n'était pas son truc. Pas grave. Guillaume était comme lui. Et pourtant, elle réussissait à l'entraîner, à le détendre, à le faire parler. Et ils finissaient par rire aux éclats ensemble. Elle voulait rire avec ce gosse.

Il se décida :

- J'ai 25 ans.

Il avait déjà vécu cinq ans de plus que Guillaume. Mais elle ne le lui dit pas. Le bel âge. Elle ne le lui dit pas non plus. Un sujet plus enthousiasmant pour lui, peut-être :

- Et vous volerez quand de vos propres ailes, si j'ose dire ?

Effectivement, il se détendit :

- Très bientôt. J'ai encore une cinquantaine d'heures à faire en binôme, et ensuite, je pourrai être autonome. Voler seul !

Il jeta un regard agacé sur sa gauche à Pierrot qui sifflotait fort, histoire de montrer à quel point une conversation qui ne tournait pas autour de lui l'indifférait.

Carmen reprit :

- Si vous continuez à voler pour TransGref, on se reverra sûrement ! J'ai encore quelques heures de vol à faire moi-même avant de prendre ma retraite.

Le gamin ne répondit pas. Elle insista :

- Ne vous inquiétez pas, je ne suis pas en train de vous draguer ! Je n'ai pas du tout le profil cougar ! C'est juste que vous m'êtes sympathique, et que pour ce genre de mission, je trouve particulièrement important de partager l'espace et le temps avec des gens qui ont les mêmes convictions. Pas comme certains...

La dernière saillie était inutile mais elle n'avait pu s'en empêcher. « Certain » sifflota un peu plus fort. Kevin eut un petit rire :

- Non, non, ce n'est pas ça, Madame. Je sais bien que vous ne me draguez pas. C'est juste que je ne suis pas sûr de rester longtemps chez TransGref.

Le pilote se tut. Et c'est lui qui demanda :

- Ah bon ? Tu n'es pas assez bien payé ?

Kevin haussa les épaules :

- Oh si, pour ça, pas de problème. Peut-être aussi bien que toi et tes quarante ans d'expérience.

Il se tourna sur son siège, mais c'est le caisson, pas Carmen qu'il regarda :

- Je pense qu'il vaudrait mieux que je transporte ... Autre chose.

Carmen se rembrunit :

- Vous aussi, alors ?

Dans un sursaut, Kevin s'empressa de protester :

- Non ! Non ! Ce n'est pas la même chose !

Et d'un mouvement de menton, il désigna Pierrot qui feignait de se désintéresser de la conversation, mais qui, si l'on en croyait le rictus triomphant sur ses lèvres, n'en perdait pas une miette. Le jeune-homme reprit, avec vivacité, comme pour empêcher des pensées erronées de s'infiltrer dans l'esprit de l'infirmière :

- Ces organes que vous transportez, c'est pas de l'irrespect, mais ils me font peur. Parce que vous comprenez, madame, c'est juste que moi, la mort, elle me terrorise.

Pierrot émit une sorte d'éructation méprisante. Kevin haussa le ton :

- Oui, je n'ai pas honte de le dire. La mort, j'en ai peur. Depuis que je suis tout petit, j'ai peur de mourir. Au point où ça m'empêche un peu de vivre. Je fais attention à tout : je ne bois pas, je ne fume pas, je conduis prudemment. Je fais pas trop la fête, je n'ai souvent pas le goût à ça. Je suis hypocondriaque. Dès que j'ai mal quelque part, je fonce sur internet pour savoir ce que j'ai, je sais bien que c'est exactement ce qu'il ne faut pas faire, mais c'est plus fort que moi. Je n'ai pas trente ans mais j'ai déjà eu toutes les maladies du monde... Dans ma tête en tout cas.

Carmen caressait le caisson, les yeux rivés sur ses mains. Sa voix était froide, lasse quand elle demanda :

- Et pourtant, vous avez choisi un métier dangereux. Plus dangereux que comptable ou maçon. C'est un pied de nez à la mort ?

Kevin rit doucement, d'un petit rire résigné :

- C'est ce que tout le monde croit. Comme vous vous trompez ! D'abord, piloter, ce n'est pas si dangereux que ça lorsqu'on ne joue pas au héros, lorsqu'on ne se prend pas pour le roi du ciel comme certains. Moi je pilote comme je conduis : prudemment. Mais c'est vrai que voler, ça paraît dangereux. C'est parce que voler, ce n'est pas naturel, pour l'homme. Cela ne fait pas partie de la condition humaine. L'homme doit rester à terre. Alors en volant, ce n'est pas la mort que je cherche à braver, c'est la condition humaine. Pour vous, ça paraît peut-être la même chose, mais pour moi, c'est bien différent, même si j'ai du mal à l'expliquer.

Il se tourna vers Carmen. Il parvint à accrocher son regard. Dans ses yeux, il chercha un signe, quelque chose qui lui prouverait qu'elle le comprenait un peu, rien qu'un peu. Elle eut pitié, elle hocha la tête, imperceptiblement et chuchota :

- Essayez quand même. J'aimerais comprendre.

Il soupira :

- Des gens comme... Tiens ! Comme toi Pierrot ! Des gens comme vous, vous essayez de vous prouver tous les jours que vous êtes plus forts que la mort, qu'elle ne vous aura pas. C'est de la connerie, elle vous aura, vous comme les autres. Moi, c'est pas pareil. En volant, je m'élève. Je m'élève dans le ciel, mais je m'élève aussi au-dessus de la condition humaine. Je fais quelque chose de quasiment surnaturel. Je ne suis pas immortel, enfin je ne suis pas suffisamment idiot pour le croire, mais je ne suis plus tout à fait humain. Et du coup, ça entretient une espèce de doute, une zone d'ombre où l'espace de quelques heures, j'échappe à la pesanteur, j'échappe à la lourdeur d'être humain, d'être moi.

Carmen ne cherchait plus à éviter son regard. Il lui sourit un peu timidement :

- Vous comprenez un peu ?

Elle répondit à son sourire, mais le sien restait un peu forcé :

- Je crois oui...

Elle comprenait tellement bien en fait. Flirter avec l'immortalité en convoyant la vie d'un corps à un autre, n'était-ce pas, finalement, un jeu auquel elle-même jouait tous les jours ? Sans cesse, avec obstination, ses mains allaient et venaient sur le caisson. Insuffler de l'énergie, garder en vie, frotter, caresser, rassurer.

Kevin semblait un peu rasséréné :

- Alors, vous savez, transporter des organes, pas vraiment morts, ni vraiment vivants, ça me perturbe. Ça casse mon rêve, ça brise mes illusions. J'ai l'impression de jouer avec la mort. Et la mort, faut pas jouer avec, parce qu'elle gagne toujours. Faut faire profil bas, tâcher de se faire oublier le plus longtemps possible, éviter qu'elle vous repère. Et là, j'ai l'impression, au contraire, de piloter toute sirène hurlante, mégaphone sorti. On voudrait lui dire « Eh la mort, regarde ! Nique ! Nique ! Nique ! On est plus fort que toi », on ne ferait pas mieux. C'est pas bon, pas bon du tout...

Carmen ne put s'empêcher de sourire. Le gosse s'animait et devenait presque sympathique. Guillaume fonctionnait ainsi : morose et renfermé, un sujet qui le passionnait, et hop ! Il s'embarquait dans de longs discours enflammés. Kevin n'en avait pas fini :

- Et puis, au fond de moi, je ne peux m'empêcher de penser que ces organes ont été prélevés sur des corps encore vivants. Et ça, ça passe pas. Qui sait s'ils ne se seraient pas réveillés, ces hommes et ces femmes à qui on a volé un cœur ou un rein ?

Pierrot sortit de son semi-silence goguenard pour approuver d'un grognement satisfait :

- Bien envoyé, petit ! Ça ne se fait pas ces choses-là !

Carmen se redressa. Elle n'avait pas trouvé beaucoup de mots à opposer aux arguments du gamin jusqu'à présent. On était dans le domaine délicat des sentiments, des sensations, des croyances. Rien de plus subjectif : que répondre à quelqu'un qui croit attirer sur lui l'attention de la mort en transportant des cœurs dans son hélicoptère ? En revanche, dès qu'il s'agissait d'aborder la question de la mort cérébrale et du prélèvement d'organes, elle était rompue à l'exercice. C'était son métier, en tant qu'infirmière coordinatrice, de savoir parler aux familles, de pouvoir convaincre celles qui hésitaient encore. Elle n'eut pas le temps d'ouvrir la bouche. Kevin la devança.

- N'essayez pas de m'expliquer ce qu'il se passe dans ces cas de mort du cerveau, avec votre jargon médical. Je connais vos arguments. Je les ai déjà entendus.

Il se tut un instant. Il semblait épuisé. Il se tourna une nouvelle fois vers Carmen et désigna le caisson d'un doigt qui tremblait un peu.

- Votre cœur, là, dans cette boîte : quand je vois ça, c'est pas à la femme qui va le recevoir que je pense, mais à celle qui va être enterrée la poitrine vide. Je suis désolé. Non, je vais finir ma formation et je quitterai cette compagnie. Parce que moi, vous savez, ces histoires d'encéphalogrammes plats, j'y crois sans y croire. Si un cœur continue à battre et un rein à filtrer, c'est qu'il y a encore de la vie. Et tant qu'il y a de la vie, il y a de l'espoir.

Pierrot lui asséna un coup viril sur l'épaule. L'hélicoptère fit un écart, comme un cheval qui venait de voir une ombre s'abattre sur lui. Kevin repoussa la main du pilote. Que ce vieux con puisse penser qu'ils étaient solidaires dans leurs pensées, lui donnait la nausée. Le vieux n'avait rien compris. Et ça ne l'étonnait pas.

En revanche, à l'arrière de l'appareil, Carmen avait bien compris. Elle avait compris que son combat ne cesserait que le jour où elle s'écroulerait, exsangue, vidée de paroles, saignée à blanc. Trop de gens à rallier, trop d'arguments à contredire, trop de résistances à détruire.

Tant qu'il y a de la vie, il y a de l'espoir.

Tous, tous sans exception, au chevet d'un enfant, d'un parent, d'un conjoint, avaient brandi ces quelques mots, comme pour conjurer une force secrète qui aurait donné ce soubresaut tant espéré à la ligne verte, plate et silencieuse de l'électroencéphalogramme.

Elle-même, en signant les autorisations, avait dû, un instant, entourer sa tête, ses oreilles entre ses bras pour faire taire le lancinant refrain.

Tant qu'il y a de la vie, il y a de l'espoir.

Pour éviter qu'il ne reposât la poitrine vide, elle l'avait fait incinérer. Elle avait comblé le vide par le feu.

Exténuée, elle se plia en deux sur son siège et posa sa joue sur le caisson. Elle entendit, au ralenti, battre le cœur de la femme d'Aubenas dont elle ne connaissait pas le nom, car il n'y avait pas eu de famille à rassembler, à rassurer, à consoler. Elle entendait toujours vivre SES organes. Elle était la seule à les entendre, mais elle les entendait, car ils lui parlaient. À elle, rien qu'à elle.

Elle ferma les yeux pour retenir les larmes.

Au loin, les lumières de la ville palpitaient. On arrivait à Montpellier.

Lundi 21 mars, 1 h 00, entre Anduze (Gard) et Montpellier (Hérault)

- Tant qu'il y a de la vie, il y a de l'espoir !
Delphine sourit à Arthur, le jeune infirmier, qui était aussi excité que s'il devait se faire greffer lui-même. Il ne leur avait fallu que quelques kilomètres pour passer d'un formel « madame » et « monsieur » à l'échange de leurs prénoms. Après tout, ils avaient le même âge.
- Vous avez raison, Arthur, tant qu'il y a de la vie, il y a de l'espoir. Mais jusqu'à ce soir, je sentais si peu de vie en moi, que l'espoir avait bien du mal à se faire une place.
Arthur prit la main de Delphine dans la sienne et la serra :
- Vous avez bien fait de vous accrocher ! Vous allez revivre. Dans quelques semaines, je viendrai vous chercher dans cette ambulance et on vous ramènera chez vous, fraîche comme un gardon. Et on prendra votre mère avec nous. On aura tout le temps de l'attendre, pas comme aujourd'hui. Pas vrai Julien ? On sera là tous les deux ?
Delphine et lui cherchèrent dans le rétroviseur et trouvèrent le sourire de l'ambulancier. Un sourire un peu humide. C'est peut-être pour cela qu'il ne répondit pas mais se contenta de lever un pouce triomphant en guise d'approbation. Delphine ferma les yeux et soupira d'aise. Elle se sentait bien. Elle ne chercha pas à retirer sa main. Elle aurait juste aimé que sa mère soit là avec eux. Elle l'avait réveillée au milieu de la nuit, et elle la savait en train de fébrilement se préparer, pour la rejoindre à l'hôpital. De Nîmes à Montpellier, il fallait à peine une demi-heure. Delphine espérait tant pouvoir la voir avant de passer au bloc. Quoi qu'il arrive, il fallait qu'elle la voie.
Pour lui dire adieu. Car quand elle sortirait de cet hôpital, elle ne serait plus la même, de toute façon. Il fallait qu'elles se

125

disent adieu pour mieux se revoir.

Mais il y avait tant d'autres choses qu'elle devait lui dire. Et la première d'entre elles, c'était qu'elle ne lui en voulait pas de ce lourd héritage. Elle savait que sa mère avait le cœur encore plus lourd qu'elle, d'une lourdeur qu'aucune transplantation ne parviendrait jamais à faire disparaître. On perd toute légèreté en donnant la mort au lieu de la vie.

Et c'est bien pour cela qu'elle devait lui dire aussi combien elle était désolée de tant de peine, de tant d'angoisse, de toutes ces nuits blanches et sombres journées. Mais combien elle lui était reconnaissante d'avoir toujours été là, de ne jamais avoir fléchi, d'avoir réussi, malgré tout, à garder le sourire au milieu des larmes !

Il fallait qu'elle lui dise tout simplement qu'elle l'aimait. C'est le genre de choses qui se disent, n'est-ce-pas, lorsque l'on risque de ne pas se revoir.

Elle regarda Arthur. La main qui serrait la sienne ne portait pas d'alliance. Oh ! Cela ne voulait rien dire, mais s'il en avait porté une, cela aurait voulu dire quelque chose. Elle préférait le croire libre comme l'air, tout comme elle préférait se croire libre d'aimer.

Tant qu'il y a de la vie, il y a de l'espoir.

- Arthur ? Vous croyez qu'on me laissera voir ma mère, là-bas, à l'hôpital ?

De sa main sans bague, il caressa rapidement ses cheveux, avant de vite reprendre ses doigts dans les siens.

- Si elle est là, elle pourra vous accompagner jusqu'aux portes du bloc. En revanche, si elle n'est pas là, on ne pourra pas attendre. Chaque minute compte, tu le sais.

« Tu » maintenant. Un frisson la parcourut, délicieux.

- Mais tu la verras dès la sortie du bloc, dès que tu seras réveillée, c'est elle que tu verras en premier.

126

Il hésita.

- Et … Si je parviens à me libérer, et si tu le veux bien, je serai là aussi.

Il rougit violemment et baissa la tête. Delphine posa délicatement sa main libre sur son cœur. Il délirait complètement, battant comme un tambourinaïre ivre. Elle retira sa main : encore une demi-heure à tenir.

Il ne fallait plus qu'elle le touche, plus qu'elle plonge ses yeux dans ses yeux. Elle attendit que les battements dans sa poitrine se calment un peu et elle chuchota :

- Oui, je veux bien que tu sois là aussi.

L'ambulance filait, seule dans la nuit, comme un éclair blanc zébrant les routes de campagnes noires. Delphine scruta le ciel. Quelque part au-dessus d'elle, un hélicoptère fonçait dans les ténèbres, dans la même direction ; à son bord, un cœur essayait de rester vivant, un cœur tout seul, loin de celle qui commençait à pourrir, la poitrine béante. Plus à elle-même qu'à l'infirmier, elle demanda :

- Est-ce que je saurai jamais à qui il appartient, ce cœur qui vole vers moi ?

Arthur se crut cependant obligé de répondre :

- Tu sais bien que même si je le savais, je ne te le dirais pas. Arrête de penser à lui comme à un cœur étranger. Il est à toi, maintenant, accueille-le comme tu adopterais un animal sans foyer et fais-le tien. C'est important. Il faut que ton corps l'accepte parmi les siens. Ça compte autant que les médicaments anti-rejet que tu devras prendre toute ta vie. Plus même, si tu veux mon avis.

- Un animal … Un chat... Tu sais, après la … Après, je voudrais bien adopter un chat justement. J'aime tellement les chats, mais je n'ai jamais voulu en avoir un. Je ne voulais pas qu'il soit orphelin.

- Bonne idée, un chat ! Mais adopte ton cœur d'abord.

Elle rit.

- Oui, je vais l'aimer ce petit cœur abandonné. J'espère qu'il m'aimera aussi et qu'il ronronnera bien fort. Tu aimes les chats, Arthur ?

- Je suis prêt à les aimer...

À son tour, Delphine rougit. Son cœur resta sage, cependant. S'habituerait-il aux émotions fortes ? On s'habitue si vite à la perspective de la mort. Peut-être est-ce aussi rapide d'apprivoiser la vie ?

Julien, l'ambulancier, brisa le silence qui s'était installé à l'arrière de la voiture, un silence confortable où flottait un soupçon de gêne :

- Mademoiselle Delphine, à la maison, j'ai une chatte qui est pleine. On devait la faire stériliser mais elle a été plus rapide que nous, la garcette. C'est une jolie chatte angora tricolore. Le papa ? On a un gros doute, mais mes mômes ont vu traîner un gros matou tout blanc dans le jardin. Ça ne m'étonnerait pas que ce soit lui, le coupable ! Si vous voulez, je vous réserve un bébé, le plus beau de la portée. Qu'est-ce-que vous en dites ? Vous l'auriez pour votre retour chez vous.

Delphine pâlit. Un chaton. Blanc peut-être. Et qui sait, à poils longs... Elle respira un grand coup mais ne réussit pas à parler.

Dans le rétroviseur Julien perdit son sourire :

- Excusez-moi, je me mêle de ce qui ne me regarde pas...

Les lèvres sèches de Delphine finirent par s'entrouvrir :

- Non, non ! Monsieur, pas du tout. Au contraire. C'est juste... Je ne sais pas comment dire ça.

Elle humecta ses lèvres de sa langue. Sur le front d'Arthur un peu de sueur perla.

- J'ai peur ! Voilà, c'est dit, j'ai peur. Peur que cette opération rate, que la greffe ne tienne pas. J'ai peur de mourir. Depuis que je suis née, j'ai peur de mourir. Mais je me demande si en ce moment, là, pendant que je vous parle, ce n'est pas le jour de ma vie où j'ai le plus peur. C'est trop beau pour être vrai, vous comprenez ? Ce cœur, improbable, inespéré. Tout …

Elle glissa un œil vers Arthur qui broyait sa main dans la sienne.

- Tout, reprit-elle, le cœur, le chat. Je n'arrive pas à y croire. Et je me dis que si je fais trop de projets – nouveau regard en coin vers l'infirmier – cela va me porter la poisse. Je ne veux pas penser à après, car il n'y aura peut-être pas d'après.

Arthur n'eut pas le temps de répondre. Julien, tout en conduisant, s'agitait :

- Vous savez Mademoiselle Delphine, dans mon métier, la mort, je la rencontre tous les jours. Mais je rencontre aussi tous les jours la vie : on sauve des vies sans cesse, on en sauve autant qu'on en perd. Il faut faire confiance dans la vie, dans la médecine. Il faut aussi faire confiance à Dieu ou au hasard, appelez ça comme vous voulez. J'ai cru comprendre que la probabilité qu'on vous trouve un cœur était faible compte tenu de votre groupe sanguin. Or, on vous en trouve un. Un bel infirmier et un superbe ambulancier vous escortent jusqu'à l'hôpital où l'équipe, votre mère et votre cœur vous attendent. Et cerise sur le gâteau, vous rêvez d'un chaton et je serais si heureux de vous confier un des miens. Regardez les choses en face, Mademoiselle : le hasard fait bien les choses. Et moi je vois trop d'amour dans vos yeux, et aussi dans ceux du type à côté de vous qui va finir par vous casser les doigts, trop d'amour pour que la mort ait le dernier mot cette fois-ci. Croyez-y ! Croyez-y fort et dans deux mois, je vous apporterai le chaton chez vous et on fêtera ça au champagne !

Delphine hocha la tête. Elle ne pouvait plus parler. Elle savait que Julien la voyait dans le rétroviseur. Quant à Arthur, sonné,

129

il s'était contenté de relâcher un peu la pression de ses doigts.
Dehors, les lumières brillaient à présent le long des rues.
Quelques voitures circulaient. Julien actionna la sirène.
- Montpellier, on arrive dans cinq minutes ! Regardez !
Il désigna un point dans le ciel de son index, à travers le pare-brise. Arthur et Delphine baissèrent un peu la tête pour tenter d'apercevoir ce qu'il leur montrait. Au-dessus des immeubles, ils finirent par voir la lumière. Julien baissa sa vitre. Et ils entendirent le bruit caractéristique du rotor.
- C'est ton cœur Delphine, ton cœur. On arrive en même temps. Si ça aussi ce n'est pas un signe.
Dans le rétroviseur, Julien approuva vigoureusement.

Kevin secoua le bras de Pierrot.

- Tu me laisses les commandes ? C'est prévu dans le plan de vol et le plan de formation que ce soit moi qui atterrisse sur le toit de l'hôpital.

Pierrot le toisa :

- Dans tes rêves ! Pas envie de crever, moi ! Tu atterriras tout seul sur un héliport un peu plus grand, mais pas sur le toit. C'est trop petit, t'as pas assez d'expérience.

- Non, mais tu déconnes, là ? Je me suis posé deux fois sur des toits bien plus petits que ça. Je suis au bout de ma formation. C'est à moi de poser cet appareil.

Pierrot s'échauffait, son visage devenait cramoisi.

- Tu me gonfles, petit. Je t'ai dit non, c'est non ! Je pose cet oiseau, tu regardes, tu apprends et tu la fermes.

Kevin fourragea dans un sac posé à ses pieds et en tira une liasse de papier qu'il brandit sous le nez du pilote :

- Et ça, qu'est-ce-que c'est ? Le plan de formation. Tu l'as signé et il est mentionné que c'est moi qui atterris alors tu me laisses les commandes.

Pierrot arracha les feuilles de la main du jeune-homme et les froissa dans un poing rageur.

- J'ai signé mais j'ai pas lu. Pas le temps pour ces conneries. Alors ton plan de formation, tu te le carres où je pense et tu me laisses poser MON hélico !

Les deux hommes suaient à grosses gouttes, l'un rougissait à vue d'œil de colère pendant que l'autre pâlissait de frustration et d'impuissance.

Tout en continuant d'insulter son jeune co-pilote, Pierrot amorça la descente. Kevin regardait le centre de la piste. De la tarte ! Il pouvait le faire. Il serra les poings, prêt à frapper. Il suffirait qu'il assomme ce vieux con, qu'il reprenne les commandes, et le tour serait joué.

Derrière, Carmen ne pipait mot. Kevin n'avait pas besoin de se retourner pour deviner la tristesse dans son regard. Ses ongles s'enfoncèrent si fort dans la paume de ses mains qu'il sentit le sang couler.

L'hélicoptère tournait autour de l'hôpital et descendait.

Pierrot fulminait.

Kevin implosait.

Et Carmen, désespérée, lâcha le caisson pour se prendre la tête entre les mains.

Lundi 21 mars, Montpellier (Hérault) 1 h 33

L'ambulance s'arrêta devant la porte principale de l'hôpital. L'équipe 2 de la transplantation attendait au grand complet. Le moteur tournait encore mais déjà la porte s'ouvrait et deux infirmières aidèrent Delphine à sortir de la voiture pour l'installer dans un fauteuil roulant. Ses doigts se détachèrent de ceux d'Arthur et malgré la douceur de la nuit, elle eut soudain très froid. Julien lui fit un signe de la main et un clin d'œil. Les infirmières passèrent au petit trot et Delphine perdit le contrôle de tout. Elle se retourna sur son fauteuil. Arthur suivait, à distance. Normalement son rôle aurait dû s'arrêter là, mais il n'abandonnait pas la partie.

Maman.

Elle avait beau regarder partout autour d'elle, nulle part elle n'aperçut sa mère. Ce n'était pas normal, elle aurait dû arriver avant elle, elle aurait dû l'attendre dans le grand hall d'accueil et l'avoir déjà prise dans ses bras. Le hall était désert. Seuls les membres de l'équipe médicale grouillaient autour d'elle comme des mouches sur un morceau de viande avariée.

- Maman ! Non attendez ! Elle va arriver d'une minute à l'autre. Je veux la voir avant.

Une des infirmières se pencha vers elle.

- Ce n'est pas possible. L'hélico est en train d'atterrir. Vous devez monter au bloc tout de suite. Vous la verrez après. Allez on y va.

Delphine la repoussa et se leva.

- Non, maman. Je dois l'attendre.

Elle marcha vers la porte vitrée et scruta la nuit.

L'infirmière la rejoignit et la saisit par le coude.

- Je vous en prie, asseyez-vous. Il n'y a vraiment pas de temps à perdre. Un cœur de ce groupe est rare, ne le gâchez pas !

133

Pensez à tous ceux qui n'ont pas votre chance aujourd'hui.
Les larmes jaillirent dans les yeux de Delphine. Elle aurait pu gifler cette infirmière. Elle chercha le regard d'Arthur. Il hochait la tête. La femme avait raison. Ils avaient tous raison. Elle s'assit sur le fauteuil roulant.

Juste avant que l'infirmière ne le fasse pivoter, elle jeta un dernier coup d'œil vers le parking éclairé d'une lumière glauque. Tout au fond, une silhouette claire courait.

Une silhouette de femme.

Delphine se releva d'un bond, et avant que qui que ce soit ne pût la retenir, elle franchit la porte et se mit à courir vers sa mère.

Elle n'avait jamais couru aussi vite, elle ne savait même pas qu'elle était capable de se déplacer ainsi, un peu comme si elle volait.

Le cœur se met à battre de manière totalement désordonnée. Les fibres musculaires se contractent dans un chaos absolu. Fini le beau rythme régulier. Et vas-y que je me contracte. Et puis non, là, je reste au repos. Allez un bon gros coup, bien fort. Et tout se durcit à en devenir solide comme une bûche bien sèche, prête à craquer. Repos, trop long, et la bûche redevient guimauve : coulante, visqueuse, baveuse et spongieuse. Les ventricules, épuisés, entrent en fibrillation, frétillent comme deux poissons jetés sur une grève. Parfois un spasme violent les agite encore, et puis les spasmes s'espacent et enfin le calme revient.

Le cœur ne bat plus.

L'hélicoptère piqua du nez. Le caisson échappa à Carmen et vint s'écraser contre la portière vitrée. Carmen cria. Kevin cria. Pierrot ne cria pas. Carmen réussit à récupérer le caisson et à le coincer entre ses jambes, mais l'appareil tournoyait follement, apparemment hors de contrôle, projetant ses passagers en arrière. La glacière glissa à nouveau et s'arrêta contre le siège vide à côté de Carmen. L'hélicoptère tombait, en vrille. Carmen ne se préoccupait plus du cœur qui voyageait librement dans l'habitacle. À son poste, Pierrot, était ballotté comme un pantin démantibulé, les yeux grand ouverts, la bouche tordue dans un dernier rictus sordide. Carmen n'avait pas besoin d'en voir plus, de prendre un pouls. Trop d'alcool, trop de gras, trop de tabac. Peut-être en d'autres circonstances, aurait-elle pu effectuer un massage cardiaque pour faire redémarrer ce cœur qui avait déclaré forfait, mais elle savait qu'elle ne devait pas se détacher si elle voulait conserver la moindre chance, même minime, de réchapper de cette chute infernale.

L'hélicoptère, enfin libre comme l'air qu'il fendait, n'en faisait qu'à sa tête.

À côté du pilote, Kevin, blanc comme un linceul, paralysé de la tête aux pieds, ne parvenait pas à détacher son regard de son instructeur. Il ne cillait même plus, les yeux rivés dans ceux, immobiles et déjà vitreux, du vieux baroudeur.

- Kevin ! KEVIN !

Carmen hurlait. En se penchant quand le mouvement de l'hélicoptère le permettait, elle réussit à frapper la tête du jeune-homme.

- Keviiiiiiiiin !

Il se retourna et vomit. Le caisson, qui passait par là, reçut une bonne partie du vomi qui gicla sur les pieds de Carmen.

- Kevin. Les commandes ! Prenez les commandes !

Il secoua la tête. L'hélicoptère tourbillonnait, comme une feuille morte prise dans le vent d'automne.

- Non ! Il n'est jamais trop tard. Tant qu'il y a de la vie...

L'électrochoc qu'elle ne pourrait jamais administrer à Pierrot, elle venait de le donner à Kevin. Il détacha les mains de Pierrot du manche et en se penchant, ferma les siennes sur l'instrument qu'il tira à lui.

L'appareil se redressa si brutalement qu'il se renversa sur le côté. Kevin tomba sur Pierrot et malgré la ceinture, Carmen dut s'accrocher à son siège pour ne pas basculer à son tour. Le caisson se fracassa sur la portière gauche. Kevin réussit à redresser son engin, mais la force qui l'attirait vers le sol, faussait la précision des manœuvres. Il se cabra et la portière droite, du côté de Carmen, s'entrouvrit sous le choc. Elle s'agrippa au dossier de son siège en priant ce Dieu auquel elle ne croyait pas que celui-ci tint bon.

Delphine s'écrasa dans les bras de sa mère. Son cœur battait trop vite, bien trop vite, mais il battait toujours, malgré sa course folle. Les infirmières, en poussant le fauteuil roulant, ainsi qu'Arthur, venaient de la rattraper.
- Maman, je t'aime. Maman, quoi qu'il arrive, je t'aime. C'est tout ce qui compte. Je t'aime.
- Moi aussi, moi aussi, ma petite fille...
Arthur la saisit par le bras et la tira sur le fauteuil.
- Delphine ! C'est n'importe quoi. Il faut y aller.
Il fit un signe aux infirmières pour demander la permission de pousser Delphine jusqu'à l'hôpital. Elles approuvèrent d'un mouvement de menton. Le convoi reprit la direction de l'accueil, Arthur et Delphine devant, l'équipe médicale et la mère de Delphine derrière, au petit trot.

Là-haut, dans le ciel, l'hélicoptère ne ronronnait plus. Un sorte de rugissement jaillissait du rotor.

Tous levèrent la tête, sourcils froncés, pour tenter de comprendre ce qu'il se passait.

Lundi 21 mars, Montpellier (Hérault) 1 h 37...

Dans un grincement de mauvais augure, la portière finit de s'ouvrir et l'air s'engouffra dans l'appareil. Carmen eut l'impression d'être happée par les ténèbres, mais ses jointures blanchies tenaient bon sur le siège, qui lui-même résistait. La ceinture l'étouffait un peu, mais quelle sensation rassurante ! L'hélicoptère reprit une position plus où moins horizontale, mais il avait perdu pas mal d'altitude et avait été poussé loin de l'héliport sur le toit.

Kevin avait repris des couleurs. Il tira le manche vers sa droite pour diriger son engin vers le toit de l'hôpital. Calmé, l'appareil obtempéra sereinement, et s'inclina doucement dans la direction demandée.

Tout aussi calmement, le caisson glissa une dernière fois dans l'habitacle et plongea dans le vide, ratant de peu un merle noir qui passait par là.

Lundi 21 mars, Montpellier (Hérault) 1 h 37

Ils ne le virent pas arriver, tous autant qu'ils étaient : Delphine, Arthur, les infirmières, le brancardier, la mère de Delphine. Il faisait trop noir et de toute façon, les lumières de l'appareil captaient tous les regards.

Le caisson flanqué d'une belle croix rouge explosa sur la tête de Delphine qui mourut sur le coup. Un peu de vomi de Kevin, quelques plumes d'oiseau se mêlèrent aux débris de son cerveau. Elle ne le vit donc pas, rouge, luisant, palpitant, malgré toutes ses péripéties : le beau cœur d'Alexandra s'était échappé du caisson pendant la chute, et vint se lover sur ses genoux pour y mourir en paix.

L'accident – Hiver 2014

Sébastien regarda Laétitia. Elle ne parvenait pas à se poser, entrant et sortant sans cesse, pour rien, comme ça, juste pour bouger, comme pour conjurer l'inéluctable immobilité à venir.

Elle avait fui la ferme, la campagne, dès ses études terminées. Elle semblait s'épanouir dans sa petite ville de banlieue lyonnaise et lorsqu'elle revenait à la ferme, assez régulièrement, il fallait bien le lui accorder, elle n'arrêtait pas de bouger : elle virevoltait à droite et à gauche, passait d'une pièce à l'autre, sortait, faisait le tour du jardin, rentrait, allait se laver les mains, s'accoudait à la fenêtre, observait les chèvres, allait les rejoindre un moment dans leur pâture au bord du ruisseau, passait par la fromagerie dont elle s'échappait aussi vite, le nez froncé, lui plantait un baiser sur la joue, comme pour se faire pardonner, esquissait quelques pas avec leur père sur les chemins, lorsqu'il pouvait encore marcher, lui lisait deux pages d'un livre tiré au hasard de la bibliothèque, quand il avait commencé à décliner et à ne plus trop bouger … Si bien, que le Vieux et lui finissaient par attendre son départ, le dimanche soir, avec autant d'impatience qu'ils avaient guetté son arrivée, le vendredi soir.
Sébastien n'avait pas réussi à trouver d'épouse. Il n'avait pas beaucoup cherché. Ses livres et ses chèvres lui suffisaient, et pour le reste, une fois de temps en temps, il y avait toujours une fille ivre, le samedi soir au bar, à Aubenas, qui ne voyait pas d'inconvénient à finir la nuit avec lui. C'était drôle, en fin de compte, il n'avait jamais couché avec une fille qui ait l'esprit clair. Il s'en fichait un peu. Laétitia, sa petite sœur hyperactive resterait la femme de sa vie, et avec le travail à la ferme qui

s'était accumulé depuis que le Père déclinait, il ne pouvait se permettre de fantaisie.

Et cela n'irait pas en s'arrangeant.

Le père se mourait. Il paraît que le tabac de pipe, celui qui sent si bon le miel, ne donne pas le cancer. Mais c'est faux. On avait commencé par lui enlever un poumon, au Vieux, mais le répit n'avait été que de courte durée. La chimiothérapie avait vidé son corps de toute substance, mais bizarrement, ses longs cheveux blancs avaient été en grande partie épargnés. Si bien que de la forme qui gisait sous le drap blanc immaculé, on ne voyait guère que le halo argenté qui entourait un visage blême mangé par les rides. Le père se mourait et Laétitia tournoyait dans le mas comme un épervier blessé, fou de douleur, condamné à se laisser porter dans la tourmente pour ne pas s'écraser. Il savait sa souffrance, mais il ne parvenait pas à l'apaiser. Sa petite sœur hurlait dans son cœur rude de paysan, mais sa propre voix criait encore plus fort. Alors il la laissait aller et venir, pendant qu'il s'occupait des bêtes qui, cornes basses, bêlaient lamentablement.

Les vieilles du village étaient venues, charriant dans leur sillage ténébreux des odeurs de naphtaline et des nuages de poussière grise. Elles s'asseyaient, toujours par deux, côte à côte, sur deux chaises de paille, les mains croisées sur leurs genoux endeuillés de coton noir et rugueux, et elles restaient là, silencieuses, parfois, les yeux mi-clos, si bien qu'on les croyait endormies. Mais l'une chuchotait, l'autre ouvrait les yeux, hochait la tête, répondait sur le même ton. Elles ne dormaient pas. Elles veillaient, les vieilles. Se souvenaient-elles, priaient-elles, échangeaient-elles des banalités sur le temps qui passe, sur la jeunesse qui fuit, sur la vieillesse qui pèse et sur la mort qui joue au chat et à la souris ? Sébastien vaquait aux occupations de la ferme, jamais bien loin, et quand il revenait s'appuyer sur le chambranle de la porte, il n'entendait que l'accent chantant des voix usées, mais il ne comprenait pas ce qu'elles disaient. Il entrait sur la pointe des pieds, et elles le regardaient, en souriant de ce sourire triste qu'on accorde aux malheureux. Elles se taisaient pendant qu'il se penchait sur le corps comme englouti dans les draps, elles retenaient leur souffle tandis qu'il cherchait celui de son père. Il posait une main caleuse sur le bras décharné et puis il repartait, la traite, vous comprenez ? Elles le rassuraient du regard. Nous sommes là, va, Petit, nous t'appellerons.

Les vieilles, veilleuses aguerries, dansaient un ballet parfaitement rodé : par un mystère qu'il ne s'expliquait pas, il voyait, du fond de la bergerie, une nouvelle paire de ces veuves noires braver le mistral et la pluie, front plus bas que celui de ses chèvres, déterminées, avancer vers la maison, si gaie l'été, sinistre ce soir-là. Et sans qu'un appel ne fût échangé, la paire assise à l'intérieur poussait la lourde porte de chêne et croisait le binôme frais et humide. Échange de mouvement de tête. De haut en bas, oui, il est toujours là, de droite à gauche, non, cela ne va pas mieux. Des bras qui se soulèvent avec peine pour retomber, résignés sur des flancs creusés : il n'y a plus rien à faire. Rien à faire d'autre qu'attendre.

Deux vieilles partirent.

Deux vieilles entrèrent.

Les quatre vieilles allaient attendre, deux chez elles, près du téléphone, deux dans une chambre sombre, près d'un mourant aux cheveux d'ange.

Attendre.

On avait ramené le Père de l'hôpital la veille au soir. Le médecin avait parlé de quelques heures. Ils avaient tout débranché : les perfusions, la machine pour respirer. Il était enfin libre de toute entrave. Il était libre de mourir.

Mais comme il l'avait demandé, quand il pouvait encore parler, il ne voulait plus qu'une chose, une seule chose, tu m'entends Sébastien ! Promets-moi de me ramener à la maison. Je veux partir en entendant le vent dans les chênes, je veux fermer les yeux et écouter le toit craquer au-dessus de moi. Tu ouvriras la fenêtre, s'il ne fait pas trop froid et peut-être que je sentirai la bonne odeur des chèvres qui se faufilera jusqu'à mon linceul. Laétitia, Sébastien risque d'être un peu perdu, il est toujours un peu perdu dans les moments difficiles, aide-le, aide-le à me ramener à la maison. Je ne veux pas mourir ici.

Ils l'avaient ramené. Il était inconscient. Sébastien essayait de chasser l'idée, mais se rendait-il seulement compte qu'ils avaient tenu leur promesse ?

La nuit tombait. Sébastien en avait fini avec les chèvres. Il caressa plus particulièrement Blanchette avant de regagner la mas pour la nuit. Il n'avait pas de doute. La mort, comme honteuse, prenait souvent les gens lorsque le soleil s'éteint. Le Vieux avait réussi à passer presque vingt-quatre heures dans sa maison, sans manger, sans boire, respirant à peine. Il ne pourrait pas lutter beaucoup plus longtemps. Il allait s'asseoir près du lit, en face des vieilles, il essaierait de garder Laétitia à ses côtés, ils prendraient la main de leur père et ils attendraient ensemble.

...

Laétitia n'en pouvait plus. Minuit. Sébastien avait les yeux fermés mais elle savait bien qu'il ne dormait pas. Son pouce caressait inlassablement le parchemin translucide et craquelé sur la main de leur père. Elle posait parfois des doigts hésitants sur ceux de son frère, effleurant par la même occasion cette peau déjà froide. Ce contact lui répugnait. Elle ne pensait pas que son père, là où il était, loin déjà, pût sentir et reconnaître la pression des doigts de sa fille. Et si par hasard, il y parvenait, cela ne le retiendrait-il pas parmi eux, alors que sa place, de toute évidence était ailleurs. Où ? Elle n'en savait fichtre rien, elle ne voulait pas y penser. Elle voulait juste que ce cinéma s'arrête enfin.

Mais le regard infaillible des spectateurs pesait, lourd, rapide à jauger, prompt à juger. Comment Sébastien acceptait-il cette mascarade ? Ils auraient dû être seuls, tous les trois. Leur unique tante maternelle était morte l'année précédente, une veuve qui n'avait eu qu'un enfant, leur cousin, qui n'avait pas jugé bon faire le déplacement, et elle ne lui en voulait pas, après tout, il habitait loin, travaillait, avait charge de famille. Il viendrait probablement aux obsèques, un rapide aller-retour de Bordeaux où il résidait. Leur mère, fille unique, avait succombé à un AVC plusieurs années auparavant.

Pas de famille proche.

Juste tous les trois.

Ils auraient pu pleurer, peut-être se parler, peut-être lui parler. Elle aurait pu se lever. Aller boire un café. Consulter ses mails.

Au lieu de ça, ils devaient rester assis, dignes et tristes, face au tribunal des voisins et amis qui avaient rappliqué, seuls ou en groupes, conduits par les vieilles en chef, drapées dans leurs atours de meneuses de deuil. Dans un petit pays comme le leur, assister au dernier souffle d'une figure locale, cela valait largement le déplacement dans le froid et la pluie.

Si bien, que dans la chambre presque mortuaire, déjà bien encombrée par les lourds meubles rustiques en merisier, on étouffait un peu. Il y en avait partout. Outre quatre pleureuses, on comptait un vieux berger, compagnon de leur père, dont on voyait bien, aux mouvements saccadés de son visage, qu'il oscillait entre la tristesse, probablement sincère, et l'immense soulagement que les dés, cette fois encore, ne l'aient pas désigné ; deux hommes plus jeunes, des amis de Sébastien qui paraissaient s'ennuyer autant qu'elle, mais qui, debout contre le mur, prenaient leur rôle très au sérieux, pressant parfois l'épaule de son frère pour lui prouver leur compassion et pour qu'il s'en souvienne, le cas échéant ; le boucher du village et sa femme, dont elle se demandait bien ce qu'ils faisaient là car elle n'avait pas souvenir que sa famille et le couple eussent été particulièrement proches ; à l'écart des autres vieilles, une femme âgée, habillée de sombre mais pas en noir, le visage ravagé par la tristesse et qui évitait soigneusement de croiser le regard de Sébastien et que les quatre épouvantails toisaient avec un profond mépris ; et bien sûr, malgré les idées ouvertement mécréantes et communistes du vieux, le curé avait aussi pris possession des lieux avec la bénédiction de son frère qui lui avait rappelé le pari de Pascal, mais elle, elle vivait ça comme une trahison qu'elle avait manifestée clairement d'un « bonjour Monsieur » ostensiblement distrait en le saluant.

Alors, elle faisait ce que l'on attendait d'elle en pareilles circonstances : elle restait assise dignement aux côtés de son frère, et caressait régulièrement la main du mourant. Les vieilles souriaient leur approbation.

Mais en elle, elle criait, hurlait, vociférait. Va-t'en ! Pars ! Je t'en prie, tu n'as plus rien à faire ici. C'est foutu, ta vie est finie. Plus personne ne peut plus rien pour toi. Ne t'accroche pas ! À quoi ça sert ? Je n'en peux plus de te voir entre deux mondes. Je n'en peux plus de cette attente. Pitié, papa. Pars ! Dégage ! Va voir ailleurs ! C'est peut-être mieux. Ou pas, mais en tout cas ici, tu n'es que douleur, que souffrance, tu n'as plus de plaisir, tu sens déjà mauvais. Papa, fais ça pour moi. Va-t'en et emporte avec toi ces oiseaux de malheur, ces corbeaux miteux. Ne t'inquiète pas. Sébastien va s'occuper de ta ferme, de tes chèvres, et moi, même si je ne suis pas toujours là, je vais m'occuper de Sébastien, je veillerai sur lui à distance. Je te le promets, mais pars ! Décroche-toi d'eux, décroche-toi de nous, cesse de t'agripper, il n'y a plus d'espoir, il n'y en a jamais eu, mais là, il n'y en a moins que jamais. Casse-toi, papa. Je t'aime mais fous le camp, laisse-toi glisser, ne lutte pas, ne nage pas à contre-courant. C'est ton heure, dégage d'ici, bouge de là. Pars ! Pars ! Pars !

Le drap blanc se soulève et retombe. Et il ne se soulève plus. Treize visages se tendent vers l'auréole blanche, suspendus à un souffle qui ne vient pas. Le curé s'approche, attirail en mains, prêt à officier. La dame âgée tord un mouchoir entre ses mains, le couple de bouchers se consulte une lueur dans les yeux, les amis de Sébastien pétrissent son épaule, le vieux berger porte sa main à sa gorge, les pleureuses arrêtent de pleurer, Sébastien se fige, cherche Laétitia, elle prend sa main, la broie dans la sienne. Et le drap se soulève. Lentement. Péniblement. Un soupir collectif s'échappe. Laétitia ne soupire pas. Elle crie, à haute voix, cette fois-ci. Les regards se braquent sur elle. Comment ose-t-elle ? Elle se lève, renverse sa chaise et sort de cette chambre nauséabonde où les vivants puent autant que les moribonds. Elle court dans la salle, à côté. Dans l'âtre, le feu vacille un peu, mais un coup de mistral dans le conduit le fait repartir, rouge sang. Elle ouvre la porte. Fuir. Mais dehors la pluie tombe, le vent souffle. Elle reste sur le seuil, respire comme une noyée qu'on ramène sur la grève, profondément, goulûment. Elle s'en étouffe, s'en étrangle, elle explose de ce mélange d'air et de larmes qui gonfle dans sa poitrine.

Et soudain, comme un chien qui arrête de haleter pour mieux entendre le danger qui approche, elle ne respire plus, elle ravale ses larmes. Le tumulte intérieur se tait. Là-haut dans la montagne, un mugissement, comme une insulte. Puis retentit une clameur, violente, hystérique, comme si toutes les bêtes de la forêt glapissaient en même temps. Sur ses bras, Laétitia sent ses poils se hérisser. Son cœur bat sourdement presque douloureusement. Elle a peur comme jamais de sa vie elle n'a eu peur. Puis tout s'apaise, le silence revient, la peur s'estompe. Seul sur une branche basse du chêne, juste au-dessus de la fenêtre du Père, un merle siffle à tue-tête. Il penche la tête, d'un côté, puis de l'autre. Que fait un merle à cette heure-ci sur les branches du chêne ? Laétitia s'entoure de ses bras pour se réchauffer. La pluie est glaciale, mais le merle n'en a cure : il chante.
Et puis, un cri, à nouveau. Mais celui-ci vient de l'intérieur. C'est Sébastien.
- Laétitia ! Laétitia ! Viens vite. Vite je te dis !

...

- Alors mon gars, tu as pensé que j'étais cuit, hein ? À croire que tu ne connais pas ton vieux père ! Solide comme un chêne le Vieux !

Sébastien sanglote, hystérique, en serrant dans ses bras la frêle silhouette du Vieux que l'on a remonté et installé confortablement contre une pile d'oreillers qui sentent un peu le moisi. Le visage craquelé est fendu d'un large sourire qu'il distribue généreusement à tous les spectateurs de ce que le curé, qui n'y croit pas lui-même, en se signant compulsivement, commence à appeler un miracle. Des quatre pleureuses, trois sont plaquées contre le mur, au plus loin possible du lit, doutant de la nature de l'événement. Et si le Diable avait son mot à dire dans cette résurrection. Le berger ne sait plus que penser : va-t-on devoir tirer les dés à nouveau ? Et si cette fois-ci... La femme du boucher a disparu. Ce n'est pas le diable qui la fait courir, mais la jouissance suprême d'être la première à colporter la nouvelle dans tout le village. Sans sa moitié, le boucher se demande ce qu'il fait là. Les amis de Sébastien ont changé de registre et le rouent de tapes viriles dans l'épaule. La quatrième pleureuse, moins couarde ou plus mécréante, est allée chercher un bol de bouillon dans la cuisine et cuillère après cuillère, elle le fait avaler au miraculé qui l'engloutit en moins de deux. Et puis le Vieux repousse la vieille chouette un peu rudement et Sébastien, tout doucement, d'un sourire. La place est libre. La dame âgée n'a pas bougé, elle est restée discrètement à distance, près de la porte. Le vieux chevrier lui fait signe de la main. Elle s'approche, coule un regard gêné à Sébastien qui choisit de l'ignorer. Elle s'assoit sur le bord du lit, sur le drap blanc, une seule fesse, en équilibre, prête à tomber. Elle se penche et délicatement, pose ses lèvres sur les lèvres roses du vieux monsieur.

Un rire tonitruant monte du lit de vie.

- Laétitia ! Va chercher la carthagène ! On va fêter ça.

Laétitia est allée embrasser son père. Puis elle est allée chercher la carthagène. Et enfin, elle est allée s'appuyer sur le chambranle de la porte.

Elle les a tous regardés, pauvres fous
Et elle a attendu.

Dehors, sur sa branche, le merle se remit à siffler, il avait une drôle d'histoire à lui raconter. Une drôle d'histoire arrivée à son maître ...

Par la draille sombre et sur les cailloux tranchants,
Il avance, noir, parfois sur un cep bronchant.
Pourtant, toujours il va, sombre et déterminé,
Rien ne l'arrêtera, c'est là sa destinée.
La pluie, son ennemie, sur ses os dégouline.
Qu'importe ! Il franchira rivières, cols et collines.

Les pierres sont glissantes et la lune trompeuse,
Avec les nuages, moqueuse, elle joue la gueuse !
Son pied dérape, à une branche il se retient.
Il ne manquerait plus qu'il manque son entretien !
Le mistral, froid, entêtant, se joint à la pluie,
De sa vie de misère il mesure l'ennui.

Tout au loin un toit et sa cheminée qui fume...
Il accélère, grinçant et craquant dans la brume.
Se pourrait-il qu'enfin dans la gorge profonde,
Il entrevît la fin de sa funeste ronde ?
Descendre en s'agrippant, surtout ne pas tomber
Car il a rendez-vous avec un macchabée.

Un cri, un juron et une pierre qui roule ...
Le voilà qui glisse, tombe, il en perd sa cagoule !
Longtemps il dévale dans les salsepareilles.
Il gémit : reverra-t-il un jour le soleil ?
Dans le lit d'une rivière, il choit, assommé,
Par un rocher farceur arraché du sommet.

Intrigué, le sanglier le pousse du groin :
Aucune réaction dans les membres disjoints.
Les autres bêtes accourues osent le flairer.
De ce fléau seraient-elles enfin libérées ?

155

Heureux, dans la nuit noire qui les enveloppe,
Tous en chœur dansent leur victoire, crient « salope ! »

Oh ! Le grand duc effrayé reprend son envol.
C'est le tas d'os qui bouge là-bas sur le sol ?
Oui ! Une main décharnée gratte la poussière,
Il tente mais en vain, de se lever de terre.
Un hurlement monte de la forêt profonde
De la forme inerte qu'on a cru moribonde.

Il lui faudra pourtant se rendre à l'évidence.
C'est son fémur qui gît au loin, quelle impudence !
Plus rien, rien que le vide entre hanche et rotule.
Renoncer ? Ah non ! Jamais il ne capitule !
Cul-de-jatte, s'il le faut, il atteindra son but.
Comme tous les autres, il l'aura ce fils de pute !

Il rampe, les rochers tranchants lui rayent les côtes,
Il crie, toute la forêt en a les chocottes.
Vers l'os fugitif il étire ses phalanges.
Il l'a ! Victorieux il se roule dans la fange.
Un clic et un clac, le fémur est dans la place.
Les bêtes soupirent. Le voilà debout, hélas ...

Il craque, il joue mais il tient le maudit fémur,
On dirait juste qu'il a pris une biture.
Prudemment il titube jusqu'à la chaumière
Dont il perçoit par les fenêtres les lumières.
Autour du lit, on rit, on prie et on s'agite.
Imbéciles ! N'espérez plus, il arrive et vite !

Le voici à la porte, pas besoin qu'on lui ouvre.

Il entre, l'air est glacial et la lune se couvre.
Tous frissonnent et dans l'âtre la flamme vacille,
Il est grand temps pour lui de lancer sa torpille.
Il écarte les bras et du lit il s'approche...
Voilà ! Sous le drap plus rien que de la bidoche !

Les larmes il n'en a cure, il en a l'habitude.
Il s'en va, happé par une autre servitude.
Son fémur tressaute mais son labeur l'appelle.
En boitant il rêve : un jour se faire la belle !
Mais quand donc arrêteront-ils tous de baiser,
Pour qu'il puisse à son tour enfin se reposer ?

Le merle se tait. On se tait tous dans ces moments-là. Même lui. Les vieilles pleurent à nouveau. Ne sont-elles pas venues pour cela ? L'ombre de la faux plane encore sur le mas. L'Encapuchonné mugit dans le vent. Il est immortel, les vieux ne le sont pas. Le Vieux est mort finalement. Il n'a même pas eu le temps de finir son verre de carthagène. On le met en bière. On pleure un peu plus. On murmure sur cet éphémère miracle. On l'embrasse une dernière fois. Puis on ferme le couvercle. Il le faut bien. Demain il partira en fumée. Quant à l'Autre, l'Homme en noir, il continue son chemin, boitillant sur son fémur branlant. Il est furieux, il est humilié. Il se sent bafoué par ce simulacre de miracle. Il a chu, certes, ils ont tous cru qu'il était à terre pour de bon. Non ! On ne le bafoue pas de la sorte. Il part. Mais il n'a peut-être pas dit son dernier mot ...

Note de l'auteur :
Qui a dit que la mort était une figure féminine ? Le féminin donne la vie, il ne saurait la reprendre. La mort est forcément masculine, non ?

Le tunnel – Mars 2016

Voler ! L'obsession d'une vie. Peut-être son premier souvenir, le cri de sa mère : « Pierrot descends de là ! ». Deux bras fermes qui l'arrachent du rebord de la fenêtre de leur appartement au deuxième étage, une gifle retentissante, sa petite voix – petite à l'époque, il paraît qu'il est devenu gueulard, en grandissant, sans doute une exagération des jaloux – sa petite voix qui proteste : « Mais maman, je veux voler ! », une autre gifle, plus forte celle-ci, et des explications assénées énergiquement, saccadées, désordonnées, affolées. Il n'y a que les oiseaux qui volent. Nous on est trop lourds. Mais maman les avions ? Oui, les avions aussi, mais ils ont des ailes, c'est pour ça qu'ils volent. Maman les hélicoptères n'ont pas d'ailes ? J'en sais rien, tu m'énerves avec tes questions. Ils doivent avoir un truc qui leur permet de voler aussi, mais toi, ce truc, tu l'as pas ! Tu ne pourras jamais voler. Ne recommence pas ou je te flanque une volée dont tu te souviendras.

Paradoxal tout de même. Recevoir une volée. L'idée lui plaisait bien à Pierrot. Une bonne grosse volée lui permettrait-il d'accumuler suffisamment d'élan pour voler sans aile. Il avait donc réessayé un jour où sa mère n'était pas loin, histoire qu'elle la lui flanque, cette volée. Il en avait encore le souvenir cuisant sur son arrière-train, mais il n'avait pas décollé. Enfin si, mais pas plus loin que de la fenêtre à son lit où l'atterrissage avait été rude. La troisième fois s'était soldée par deux bras dans le plâtre (il avait plu la veille et le sol était assez mou sous la pelouse de la résidence) et un coup de pied au cul dès que le médecin avait tourné le dos. Un instant Pierrot avait cru que les coups de pied au cul de son père étaient finalement plus efficaces, malgré leur nom moins évocateur, que les volées de sa mère, car il traversa le couloir de l'hôpital si vite qu'il crut bel et bien qu'il allait s'envoler. Dommage qu'il y ait eu un mur. Il garda sa bosse au front, qui au fil du temps se mua en un bleu multicolore, presque aussi longtemps que le plâtre.

Évidemment, dès que le choix lui avait été proposé, il s'était précipité dans l'armée avec en tête son unique obsession : apprendre à voler. Et pour faire la nique à sa mère, tant qu'à faire, voler dans un appareil sans aile. Il était devenu un des meilleurs pilotes de sa promotion, mais ses officiers se méfiaient de la tête brûlée ! On l'envoyait en mission dans des lieux où personne n'était bien regardant sur le respect des règles.

Sa mère, son père, ses tentatives d'envol sur le rebord de la fenêtre ... C'était amusant, ces souvenirs ... Il s'étonnait de s'en souvenir de ces instants-là. Il ne pensait jamais au passé, Pierrot ! Pas à ce passé-là, en tout cas. Dans sa vie, il y avait deux grandes parties distinctes : avant de voler et après. Toute la partie « avant », son enfance frustrée, son adolescence chaotique, il croyait l'avoir oubliée. Lorsqu'il prenait le temps de ressasser le passé, il se repaissait des images d'Afghanistan, d'Irak : le bruit entêtant des pales de l'hélico, comme dans Apocalypse Now, le staccato des Kalachnikovs, les ombres furtives sur le sable courant pour échapper aux balles, l'odeur de la sueur, de la peur, du sang ... Mais surtout, ce dont il se souvenait avec une délectation qui gonflait son pantalon, c'était ces décollages, au petit matin, dans le silence du désert écrasé, déjà, par un soleil gigantesque, pour s'élever dans un ciel uniformément bleu, d'un bleu sans nuage, sans ride, trompeur de fraîcheur. Il quittait chaque matin la terre de tous ces Mustapha, Kamel, Abdel, Mohamed, Sofiane qui pourrissaient la vie de son bel Occident, qui gâchaient la vue de ce site grandiose, il s'élevait au-dessus d'eux dans son oiseau de métal, fier, puissant, invincible. Blanc. Il partait les traquer, les débusquer. Les journées s'annonçaient pleines de promesse, il y aurait des morts, des morts utiles. Le monde se porterait mieux sans ces barbus attardés. Que leurs femmes et enfants tombent aussi, c'était bien comme ça, il fallait que cette race s'éteigne. Il avait sienne la devise du Général Sheridan « un bon Indien est un Indien mort ». Il suffisait de remplacer « indien » par « bougnoule », « boucaque », « melon », « bicot », « raton » … Le choix était vaste. Il soupira : c'était la belle vie, du bon boulot, pas comme ces petits vols minables d'une ville à une autre pour transporter un morceau de bidoche répugnant.

« Après avoir tué, tu sauves des vies, mon fils. » La voix de sa mère. « Petit con un jour, grand con toujours. » La voix de son père. Pourquoi se souvenait-il de leur voix, là maintenant, alors que depuis des années, ils pourrissaient sous terre ? Pourquoi cette sensation cuisante de la gifle sur sa joue, cette douleur de bosse fraîche tambourinant sur son front ? Ce passé-là était effacé. Ça lui faisait penser à ce film, avec la bonnasse Romy Schneider et l'autre blaireau, comment il s'appelle déjà ? Ah oui, Piccoli, Michel Piccoli qui quand il crève se souvient de toute sa vie en quelques secondes. Des conneries tout ça ! Il s'en fichait de son père, de sa mère, de ses frères et de ses sœurs. Oh ! Oh ! C'était le bonheur.

Il volait.

Il volait.

Il volait !

Mais il volait vraiment.

Pas comme dans un avion, un hélico ou même un ULM.

Il volait.

Tout seul, comme s'il avait des ailes.

Il volait à toute vitesse, tourbillonnait, planait, voltigeait, filait comme l'éclair. Buzz l'Eclair ! Superman !

Je vole, bordel ! Je vole.

161

Autour de lui des parois cotonneuses amortissaient les chocs quand il déviait de sa trajectoire. Il rebondissait contre elle, comme sur un matelas de plumes et rejoignait le centre et reprenait sa course folle.

Je vole !

Le centre de quoi au fait ? Il prit le temps de regarder attentivement autour de lui. Mais à part ces parois, douces mais sombres, il ne voyait rien d'autre. Il ne pouvait plus s'arrêter. Il éclata de rire.

Je vole !

L'obscurité ne lui faisait pas peur, il fonçait dans la nuit, léger, il se fondait dans la volupté de l'air ambiant. Jamais il ne s'était senti si bien. Heureux enfin.

Sur sa joue, un frôlement : un bel oiseau noir planait sur le dos, se redressant parfois pour donner un énergique coup d'aile qui le propulsait un peu plus loin.

Je vole ! Je vole comme toi, l'oiseau. Mais moi, je n'ai pas besoin d'ailes, dans ta face l'oiseau !

L'oiseau se contenta d'un sifflement moqueur en pirouettant de plus belle. Puis il fonça dans le lointain et au loin, une lueur apparut qui le happa et il disparut. Faible tout d'abord, elle s'élargit, illuminant le boyau de plumes des couleurs de l'arc-en-ciel, ses rayons caressèrent les cheveux de Pierrot, plus doux que la plus douce des mains de femme. Il ne pouvait s'arrêter de rire. Il ne savait même pas que l'on pouvait rire de bonheur. Il ne savait même pas que l'on pouvait être si heureux.

Je vole enfin !

Et puis, il se souvint.

L'hélicoptère, le petit bleu à ses côtés qui le prenait de haut, l'infirmière mal baisée derrière qui lui faisait la morale, le caisson marqué d'une croix rouge où gisait un cœur mi-mort mi-vivant … Et puis cette douleur, fulgurante, dans la poitrine, tout son corps qui se crispe pour repousser la souffrance ultime, les poumons qui ne répondent plus, le cerveau qui grille et ...

Mais alors ? Je suis mort ? Je vole mais je suis mort. Le tunnel, la lumière tout au bout, cette sensation de bonheur ultime, tout cela, ce n'était finalement pas des conneries ? Dieu existe ? Le Paradis existe ?

Ces années, que dis-je, cette vie entière à brûler la chandelle par les deux bouts pour ne pas penser à elle, à tuer plutôt que d'être tué, à refouler les larmes aux enterrements, à refuser d'aimer pour ne pas voir partir ceux qu'on aime, toute cette vie dans l'évitement, la terreur, la fanfaronnade, et en fait, elle n'existe pas ? La mort n'existe pas ! Ce n'est qu'un passage, un tunnel vers le bonheur. Tiens ! S'il avait su, il serait mort plus tôt. Rien, pas même les belles moukères violées dans les tentes, leurs maris égorgés gisant dans leur sang, dehors dans la nuit ne lui avait procuré un plaisir aussi fort, un plaisir intense, long, étincelant.

Je veux rester mort toute ma vie !

Bras contre le corps, jambes tendues, il fonça vers la lumière.

Combien de temps dura ce voyage ? Il n'aurait su le dire. Il flottait dans le bien-être, rebondissait dans l'ouate des parois, se baignait dans la lueur tiède et veloutée. Des chants lui parvinrent, un peu étouffés : des voix de femmes qui psalmodiaient une lancinante litanie, des rires s'intercalaient et les chants reprenaient joyeux, aériens.

Et soudain, le chaos ! La lumière se fit brutale, trop vive pour ses yeux accoutumés à la pénombre. Les parois se resserrèrent sur lui, durcies, emprisonnant ses membres, sa tête. Il ne pouvait plus respirer, comme tout à l'heure, dans l'hélicoptère, comprimé, écrasé. Il se débattit, repoussa les parois, chercha à retrouver cette position aérodynamique qui le propulsait vers le bonheur, quelques minutes auparavant. Mais le boyau se contractait tant qu'il n'y avait plus rien à faire qu'à subir.

Dieu ! Dieu ! C'est toi là-bas dans le noir ? Ne me juge pas ! Ce que j'ai fait, je l'ai fait pour mon pays. Rien que pour mon pays. Je veux bien être mort, mais je ne veux pas souffrir. Si on doit souffrir en étant mort, alors à quoi ça sert de mourir, hein ? Laisse-moi aller vers la lumière. Tiens, si tu veux, je te présente des excuses. Je ne recommencerai plus. Plus de viol, plus de meurtre. Je veux juste voler vers toi pour l'éternité. Vers vous, tiens ! Je vous vouvoie, Dieu, excusez cet instant de familiarité. C'est vous le patron. Je vous respecte, je vous vénère, je vous baise les pieds, mais laissez-moi voler. Laissez-moi être mort comme tout à l'heure.

J'ai mal ! Dieu ! J'ai mal. C'est pas juste d'avoir mal comme ça.

Un cri déchirant fit écho à sa propre douleur. Pierrot se mit à pleurer. L'enfer ? C'est ça, on l'avait dirigé vers l'enfer. Il serait condamné à souffrir jusqu'à la nuit des temps, le corps broyé, les poumons écrabouillés, les bras et les jambes vrillés, son pauvre crâne laminé.

Et la lumière l'aveugla, brûla les larmes sur ses joues et l'aspira. La pression se relâcha. Il ferma les yeux et se laissa emporter. Des mains le saisirent, frappèrent son dos : il hurla de douleur. Des clameurs lui répondirent. Il rouvrit les yeux, plissa le nez. Il reconnut l'odeur de chèvre des tentes de bédouins. Et ces silhouettes noires … Des femmes et encore des femmes, aussi noires, aussi anonymes que celles qu'il avait violées par dizaines...

C'était donc ça l'enfer qu'on lui réservait : une éternité de vengeance dans ce groupe de femmes aux visages voilées mais dont les yeux brillaient d'une étrange lueur ?

On le porta et on le déposa sur une surface mi-molle, mi-dure. Une main s'écrasa sur sa nuque et dirigea sa tête vers ...vers ... un sein ? Un énorme sein !

Et une voix, en arabe, s'éleva de derrière le sein. Il connaissait les rudiments de la langue. La voix vibrait de bonheur. Elle dit :

- C'est un garçon. Nous l'appellerons Mouloud !

Le hurlement de Pierrot se perdit dans une goulée de lait giclé du formidable sein.

Le carnet – Février 2016

La fumée s'éleva, hésitante tout d'abord, elle semblait chercher son chemin entre les quelques nuages blancs qui s'alanguissaient dans le ciel d'un bleu gris, ni tout à fait triste, ni tout à fait gai. Puis, comme aspiré par un gigantesque appel d'air, le panache se fit triomphant, droit, déterminé à en découdre avec l'apesanteur. Le tourbillon presque noir se dressa entre la cheminée et l'éternité, comme une colonne ionique flanquée de ses volutes moqueuses, de ses cannelures arrogantes. Qu'elles avaient l'air ridicule, ces pauvres colombes blanches ! Elles voletaient sans conviction suivant maladroitement les notes étouffées de l'Adagio d'Albinoni, évitant les vulgaires pigeons de ville que quelques graines et miettes de pain sec avaient arrachés des trottoirs. Leur ballet fatigué se reflétait dans les eaux vertes d'un petit bassin où flottaient des nénuphars ivoire, dont les pétales, un peu écorchés sur les bords, gardaient encore quelques gouttes de la rosée du matin.

Il virevolta par-dessus la volaille, haut, tellement plus haut. Libre et victorieux. Il prenait garde de ne pas croiser la colonne de fumée qui le faisait tellement tousser. Il enchaînait cercle sur cercle, descendait parfois, croisait l'œil rond et hébété d'un de ces volatiles soumis à l'Homme. Il était plus petit, mais tellement plus rapide, tellement plus malin : il aurait pu, comme ça, pour jouer, les poursuivre, les effrayer, les blesser même, juste pour le plaisir de contempler une tache de sang bien rouge s'étaler sur les plumes blanches. Mais non ! Son plaisir était ailleurs. Derrière la baie vitrée du funérarium, sur une banquette confortable, au velours bordeaux, deux silhouettes, avachies plus qu'assises, ne contemplaient pas le vol prétendument gracieux des colombes dans le ciel. Leurs dos étaient tellement voûtés qu'il était improbable que ces deux personnages pussent même voir leur reflet flou dans l'eau miroir. Plus loin, à l'écart dans la pièce, deux hommes se tenaient debout, ne sachant pas que faire de leurs mains, osant à peine, parfois, jeter subrepticement un regard désolé sur l'homme et la femme assommés sur leur banc.

Il poussa un cri de joie. Les pigeons l'ignorèrent, mais les colombes se dispersèrent un instant. Un instant seulement. Où iraient-elles, pauvres esclaves, ignorant qu'elles pouvaient être libres, préférant le joug de la nourriture à la légèreté de l'incertitude. Elles revinrent tourbillonner dans les roseaux, elles avaient déjà oublié ce qui les avait effrayées. Il se rengorgeait. Jamais il n'avait vu le maître de cérémonie des lieux faire une tête pareille. Une vraie tête de croque-mort ! Et le flic, à côté, n'en menait pas large non plus. À part les colombes et les pigeons, il côtoyait souvent les poulets dans son business, cette engeance pleurait rarement. Il cria de nouveau à la vue des larmes sur les joues de l'homme. Les colombes ne bronchèrent même pas, elles s'étaient déjà habituées et avaient accepté d'avoir peur. Quel autre choix avaient-elles ?

Mais plus que le policier et le croque-mort, c'était l'homme et la femme sur le banc qui l'intéressaient. Il piqua sur le bassin et se percha sur une branche basse de l'olivier qu'on avait planté sur ses berges. Il ricana. Que croyaient-ils, avec leurs colombes et leurs oliviers ? Qu'ils feraient un jour la paix avec son maître ? On ne fait la paix que lorsqu'on risque de perdre. Il serait toujours gagnant, alors, leurs offrandes l'indifféraient. Il pencha la tête sur le côté, son œil brillait d'un éclat démoniaque, son bec jaune vif claquait d'exultation. Il en avait vu des mères, des fils, des époux, des maîtresses, des amis effondrés sur ce banc, les yeux vides perdus dans les vaguelettes du bassin, lorsque la brise soufflait ou suivant le vol des oiseaux blancs. Il savait que si les yeux regardaient une fleur, une aile, leur âme ne parvenait pas à chasser l'image d'une porte de four géant où des cercueils les plus luxueux et les plus modestes s'étaient engouffrés quelques minutes auparavant. Et même s'il n'y avait ni cris ni pleurs, juste un visage livide, figé dans un rictus de convenance, il savait la peine, le déchirement, la douleur derrière les paupières baissées, les lèvres pincées. Ce jour-là, plus que jamais, car l'occasion était rarissime, il se complaisait dans l'observation de la triste figure du frère et de la sœur. Car il y avait plus. Bien plus. Bien mieux !

On avait enfin fait brûler leur père, le Vieux, deux ans après son décès et après qu'on eut échangé son corps avec celui d'un jeune-homme. Un coup de maître ! Il sautilla sur sa branche pour se rapprocher de la baie vitrée. Il voulait se repaître de ce qu'il voyait, s'en délecter à s'en faire péter le crâne. Oh oui ! Bien sûr, ils étaient tristes. Mais deux ans après, la tristesse s'était érodée. On ne la lui faisait pas, à lui ! Il chercha attentivement dans leur regard : il eut du mal à saisir leur expression, car leurs yeux étaient baissés sur leurs quatre mains réunies, dans lesquelles reposait un objet, cet objet-même que le Maître de Cérémonie, quelques minutes avant, flanqué du policier, leur avait remis, dissimulant avec tant de mal son malaise. Il se laissa tomber sur une des pierres qui bordaient le petit plan d'eau. Là ! Voilà ! Comme ça, en contre plongée, il réussissait enfin à entrevoir leurs yeux qui ne clignaient plus, qui fixaient le petit objet en cuir. Et il vit. Il vit la tristesse, il décela la colère, il sentit la douleur, il comprit le désespoir, mais surtout, enfin, il prit en pleine figure la dose qu'il était venu chercher, celle qui lui permettrait de voler jusqu'aux confins du temps. Il en tomba presque à la renverse dans l'eau émeraude tant c'était fort, tant c'était bon.

Sur le visage de Sébastien et de Laétitia, se lisait l'effroi.

L'oiseau le savoura. L'occasion était si rare. L'effroi.

Leurs mains se détachèrent et l'objet tomba sur la moquette couleur ardoise, sans faire de bruit. C'était un petit carnet de cuir bien abîmé, un peu moisi, auquel était attaché un crayon d'écolier mâchouillé, dont il ne restait presque rien, à la mine cassée. C'était le petit carnet que le vieux ne quittait pas, sur lequel il gribouillait quelques vers en patois, d'une belle écriture élégante d'un autre siècle, en gardant ses chèvres. Il se laissait aussi parfois aller à quelques dessins malhabiles, on y voyait ses bêtes, la silhouette d'un arbre, le cours d'un ruisseau, les fleurs de la colline et sur les dernières pages, le visage doux d'une vieille dame. Il avait dit à Sébastien et Laétitia qu'on lui mette sa montre à gousset dans une poche et son carnet dans l'autre le jour où il partirait. On avait respecté ses volontés. Du moins la première fois ...

Le carnet, en tombant, s'ouvrit à la page que le frère et la sœur n'avaient cessé d'examiner. Là, point de croquis de fleurs, point de pleins et de déliés. Juste quelques lettres, majuscules furieuses qui avaient percé le papier, amalgamées en une phrase que l'oiseau n'eut pas besoin de lire. Il les avait entendus, ces mots, perché au-dessus d'une tombe de marbre vert, il les avait entendus, répétés dans la nuit, jusqu'à ce que soudain, on n'entendît plus rien.

« Vous m'avez enterré vivant, vous m'avez enterré vivant, vous m'avez enterré vivant ... »

Je vous avais bien averti. Il n'avait pas dit son dernier mot...

FIN

Si vous avez aimé ce livre, n'hésitez pas à laisser un commentaire sur Amazon ou sur la page Facebook de l'auteur. **JoelleHerreriasAuteure**

Couverture : **Corinne Dauger,** avec toute ma gratitude renouvelée !

Remerciements

Viviane, Laurence, Christine, Maryline, Cathy, Marie-Claude, les filles ! Vous savez pourquoi !